Coordinación editorial: M.ª Carmen Díaz-Villarejo
Diseño de colección: Gerardo Domínguez
Maquetación: Espacio y Punto, Impresia Ibérica
Ilustraciones: Miguel Navia

Primera edición: marzo, 2009
Segunda edición: marzo, 2010

© Del texto: Alfredo Gómez Cerdá, 2009
© Macmillan Iberia, S. A., 2009
    c/ Capitán Haya, 1 - planta 14a. Edificio Eurocentro
    28020Madrid (ESPAÑA). Teléfono: (+34) 91 524 94 20
www.macmillan-lij.es

ISBN: 978-84-7942-398-8
Impreso en China (España) / *Printed in China (Spain)*
GRUPO MACMILLAN: www.grupomacmillan.com

ESTE LIBRO PERTENECE A:

Alfredo Gómez Cerdá

MARI PEPA Y EL CLUB DE LOS PIRADOS

Ilustración de
Miguel Navia

MACMILLAN
Infantil y Juvenil

Para Marcos, que un día también se hará preguntas difíciles de responder.

1 Piel amarilla

Terminó de secarse y, como sintió un poco de frío, se envolvió en la toalla. Le encantaban la suavidad y el olor de la toalla. Se acercó al espejo, que por algunas zonas estaba empañado y por otras no, como un cielo salpicado de nubes algodonosas. Se quedó inmóvil frente a él y observó su reflejo, que se iba aclarando poco a poco. Le hacía gracia descubrir su rostro y parte de su cuerpo, como si apareciesen en medio de la niebla que el sol de la mañana empezaba a deshacer.

"Esa soy yo –pensó–. Ese pelo tan negro y tan liso es mi pelo. Esa cara redondeada es mi cara. Esa nariz tan pequeña es mi nariz. Esa es mi boca sonriente, esos son mis mofletes sonrosados, esa es mi frente despejada... Y esos ojos pequeños y oblicuos son mis ojos."

Luego, se observó con más detalle. Incluso, acercó su cara al espejo para verse mejor. Por último, dejó que la toalla cayese al suelo y contempló su cuerpo. Negó con un gesto muy seguro de su cabeza.

"No tengo la piel amarilla. Amarilla es la corteza de un limón. Amarillas son las plumas del canario de la vecina de arriba. Amarilla es la camiseta de la selección brasileña de fútbol. Mi piel... es distinta, sí, pero no es amarilla."

Como era muy friolera, notó que se le empezaba a poner la piel de gallina.

"¡Piel de gallina! ¡Piel amarilla de gallina! ¡Piel de gallina amarilla!"

Comenzó a vestirse a toda prisa con la ropa que había dejado colgada en una de las perchas del cuarto de baño y que poco antes, no sin trabajo, había elegido entre la que abarrotaba su armario.

Por último, se lavó los dientes, se echó un chorro de agua de colonia y se peinó con los dedos. Su pelo era tan liso y agradecido que ni siquiera necesitaba peine.

Antes de salir, volvió a acercarse mucho al espejo y, con ambas manos, se agarró los párpados y tiró de ellos hacia arriba, intentando que sus ojos se abriesen al máximo. Pero en cuanto los soltó, los pliegues de su piel volvieron a caer sobre ellos, empequeñeciéndolos y alargándolos.

—Mari Pepa —dijo en voz alta—. Mari Pepa García Pérez. Ese es mi nombre. Mi madre se llama Mari y mi padre Pepe. Por eso no tuvieron que pensar mucho para encontrar un nombre para mí. No conozco a ninguna niña que se llame como yo, incluso a algunas personas les hace gracia que me llame así. Mi profesora de Lengua me dijo en una ocasión que mi nombre ya parecía antiguo. No sé por qué. Yo no lo cambiaría por otro.

Se puso una pinza en el pelo, por encima del flequillo redondeado, hacia un lateral. No le gustaba y la cambió de sitio. Tampoco le gustó el nuevo emplazamiento y finalmente desistió de ponérsela.

—¡Mari Pepa! —exclamó, y se miró fijamente en el espejo, como si quisiera decirse algo muy importante—. ¡Cómo puedes llamarte Mari Pepa García Pérez y tener esta cara de china!

Alguien intentó abrir el cuarto de baño desde fuera. Al no conseguirlo, golpeó varias veces la puerta con los nudillos.

—¿Por qué te encierras en el cuarto de baño? ¡Qué manía te ha entrado! Vamos, date prisa o llegarás tarde al colegio.

—Ya voy, mamá —respondió Mari Pepa.

Al llegar a la cocina, donde desayunaba todas las mañanas, se llevó una sorpresa. Junto a su taza de leche con cacao y las de sus padres con café, en el centro de la mesa, había una fuente llena de churros. Se relamió de gusto.

—Papá ha bajado a comprarlos —le dijo su madre.

Le encantaban los churros. Por eso se lanzó a los brazos de su padre y lo besó con fuerza.

—Gracias, papá.

Cuando iba por el tercer churro recordó una conversación que había tenido el día anterior a la salida del colegio con dos niños de otra clase, a los que solo conocía de vista.

—¿Es verdad que los chinos comen perros? —preguntó.

—¿Dónde has oído eso? —el padre le respondió con otra pregunta.

—Me lo dijeron dos niños del colegio.

El padre se encogió elocuentemente de hombros.

—Bueno, nosotros comemos vacas, corderos, conejos, pollos... Y hasta caracoles.

—¿Y los chinos comen churros?

—Seguro que no.

Entonces Mari Pepa se dijo que no cabía la menor duda: no era china. No podía serlo llamándose Mari Pepa García Pérez y desayunando churros. Pero al mismo tiempo que pensaba esto, recordó su rostro en el espejo del cuarto de baño: su pelo tan liso, su nariz chata, sus pómulos grandes, sus ojos alargados...

—Decidme nombres de cosas de color amarillo —propuso a sus padres.

—Pues... la corteza de un limón —dijo el padre.

—El canario de la vecina de arriba —añadió la madre.

—La camiseta de la selección de fútbol de Brasil —continuó el padre.

Y no supieron decir más.

—¿Es que no hay más cosas amarillas? —se molestó Mari Pepa—. Esas ya se me habían ocurrido a mí.

El padre y la madre se miraron y se encogieron de hombros.

En ese momento a Mari Pepa le entraron ganas de hacer a sus padres esas preguntas que ya les había hecho otras veces, y a las que ellos habían respondido con todo tipo de explicaciones. ¿Quién soy yo? ¿Cuál es mi país? ¿A qué mundo pertenezco?

Sabía de sobra que sus padres la habían adoptado cuando solo tenía unos meses de vida, que habían tenido que hacer muchos trámites pesadísimos, que habían viajado a China varias veces, que organizaron una fiesta cuando por fin pudieron traerla, que la querían más que a nada en el mundo... Todo eso lo sabía. Y también sabía que adoraba a sus padres y que ya no podía entender la vida sin su compañía y su cariño.

Lo sabía, pero últimamente no hacía más que plantearse preguntas y más preguntas. Y en el fondo le daba rabia preguntarse tantas cosas. Era más feliz cuando no se hacía preguntas. Pensó que a lo mejor tenía que ver con la edad. Ya había cumplido diez años. Su madre solía explicar muchas cosas afirmando que eran propias de la edad. Tendría que informarse de las cosas propias de una niña de diez años, así nada le pillaría por sorpresa. Lo malo era que si las preguntas aumentaban con la edad, no quería ni pensar lo que sería su vida cuando tuviese quince o veinte años.

Unas palmadas de su madre la sacaron de su ensimismamiento.

—Baja de las nubes, Mari Pepa.

—No estoy en las nubes –protestó ella.

—Pues como no te des prisa llegarás tarde al colegio.

Mari Pepa bebió un trago de leche y luego se quedó mirando la fuente. Aún quedaban cuatro churros. No le dio tiempo a pensarlo: su mano salió disparada y se apoderó de uno de ellos.

—Y si sigues comiendo churros, te dolerá la tripa.

Los tres salieron de casa juntos.

El horario de la tienda donde trabajaba su madre prácticamente coincidía con el del colegio. Y su padre, como era comercial, trabajaba visitando clientes, por lo que su horario era distinto cada día.

Pocas veces salían los tres juntos de casa y, cuando esto se producía, Mari Pepa se sentía muy contenta. No sabía explicar el porqué, pero le encantaba caminar por las calles del barrio, con la mochila cargada de libros al hombro, cogida de las manos de sus padres. El contacto le transmitía seguridad, confianza y, sobre todo, cariño.

—Una amiga mía se ha apuntado a clases de baile —les dijo de pronto.

—¡Qué bien! —exclamó el padre—. ¿Te gustaría apuntarte a ti?

—Sí —respondió con resolución Mari Pepa sin dudarlo—. Me gustaría bailar sevillanas. ¡Me encantan las sevillanas!

Luego, se quedó un rato en silencio, pensativa. De nuevo volvieron a asaltarle esas preguntas que ya estaban empezando a obsesionarla. Un razonamiento se impuso a los demás: parecía muy claro y contundente. Lo expresó en voz alta, casi sin darse cuenta.

—¡Cómo voy a ser china si me llamo Mari Pepa García Pérez, me encantan los churros y quiero aprender a bailar sevillanas!

Los padres la miraron y luego intercambiaron una mirada entre sorprendida y desconcertada.

—¿Hay algo que te preocupe? –le preguntó la madre.

—Además, no me comería un perro por nada del mundo –concluyó Mari Pepa, rotunda.

En la puerta del colegio se encontró con un grupo de niños y niñas de su clase. Al verla, todos comenzaron a llamarla a voces:

—¡¡¡Mari Pepa!!!

Ella corrió a su encuentro y, animadamente, comenzaron a hablar de muchas cosas, saltando de una a otra sin orden ni concierto: cosas del colegio, cosas del barrio, cosas que habían visto en la tele la tarde anterior... Sus conversaciones contribuían a aumentar el griterío del patio del colegio minutos antes de la entrada.

Cuando se dirigían a clase, le llamó la atención un cartel que alguien había puesto en el tablón de anuncios, sujeto por unas chinchetas. Aunque se trataba de una fotocopia de no muy buena calidad, podía distinguirse a un perro paticorto y alargado. Estaba de perfil, aunque tenía la cabeza vuelta hacia la persona que se supone lo había fotografiado. En la parte superior, sobre la imagen del animal, había escritas dos palabras: *SE BUSCA*. Y debajo, una leyenda que decía lo siguiente: *PERDIDO PERRO DE RAZA TECKEL EN LAS*

INMEDIACIONES DEL COLEGIO. SE GRATIFICARÁ A QUIEN LO ENCUENTRE. Y al final se incluían dos números de teléfono, uno de fijo y otro de móvil.

Uno de sus compañeros se detuvo junto a ella y también observó aquel cartel.

—Estará muy asustado, el pobre —comentó.

—Sí —Mari Pepa apoyó su afirmación con un movimiento de su cabeza.

—¿Te gustan los perros?

—¡No me comería un perro en mi vida! —respondió ella con decisión.

El niño la miró muy sorprendido y se alejó sin entender nada. Cuando ella quiso reaccionar, ya lo había perdido de vista.

Luego, su mente comenzó a pensar cosas raras, como que ese perro de raza teckel no había desaparecido, sino que algún chino lo había secuestrado para hacerse un guiso con patatas. Sus propios pensamientos le parecieron repugnantes y echó a correr detrás de sus compañeros, que ya se alejaban por uno de los pasillos.

—Hoy he desayunado churros —dijo al darles alcance—. Me encantan los churros.

Durante la clase no pudo concentrarse en las explicaciones de la profesora, pues su mente, alterada e inquieta, daba saltos de un lado para otro. Recordaba su rostro en el espejo del cuarto de baño. Luego se imaginaba un plato con una montaña de churros. Después veía a un paticorto teckel huyendo aterrorizado por las calles del barrio. Por último, escribió su nombre en una hoja en blanco del cuaderno, como si quisiera convencerse a sí misma de que así se llamaba.

MARI PEPA GARCÍA PÉREZ.

Y de pronto, tuvo una idea.

Pasó con decisión la hoja del cuaderno y en la siguiente, que también estaba en blanco, comenzó a escribir. Pero antes, sacó de su estuche un rotulador de trazo grueso y color negro. Quería que se viese muy bien lo que iba a poner.

Tuvo mucho cuidado de que las letras le salieran claras y, para que llamase más la atención, lo escribió todo con mayúsculas. Cada letra era un auténtico reto y cada palabra un triunfo. Cuando vio el cartel terminado pensó que no podría hacerlo mejor ni aunque lo repitiese veinte veces.

En la parte superior, en el centro, con letras grandes y mayúsculas, a modo de cabecera, había escrito:

SE BUSCA

Y debajo, con letras ligeramente más pequeñas, pero no por eso menos rotundas, podía leerse lo siguiente:

PERSONAS QUE SEPAN LO QUE SON
PARA QUE ME AYUDEN A MÍ A DESCUBRIRLO

Y más abajo todavía, con letras minúsculas y prietas, porque el espacio del papel se terminaba, ponía:

A las cinco en la plaza del Árbol Solitario
(junto a la fuente)
FIRMADO: Mari Pepa

Tuvo que esperar hasta la hora del recreo para completar su plan. Cuando sonó el timbre, no salió disparada hacia el patio, como en otras ocasiones, sino que permaneció sentada hasta que los demás niños abandonaron el aula. Solo entonces arrancó con cuidado la hoja del cuaderno y, sin doblarla, llevándola agarrada con ambas manos como si temiera perderla, salió de clase y se encaminó hacia la puerta de entrada.

No había nadie por allí en esos momentos, cosa que le alegró, pues así evitaría a curiosos y fisgones. Se dirigió al tablón de anuncios y buscó un hueco donde colocar su cartel. Tuvo que mover otros papeles, pero al final consiguió un espacio más que suficiente. Cogió cuatro chinchetas libres que estaban clavadas en el corcho y lo fijó con decisión.

—¡Perfecto! –comentó entre dientes.

Se leía con claridad lo que había escrito y, además, el trazo grueso del rotulador que había empleado hacía que su cartel destacase del resto. Pensó que se veía incluso mejor que el del perro teckel desaparecido.

Satisfecha, echó a correr en dirección al patio. Estaba segura de que sus compañeros habrían comenzado a jugar un partido de fútbol, como casi todos los días. No quería perdérselo. Le encantaba el fútbol y, además, era la mejor defensa central de la clase. Todos lo reconocían.

Le gustaba recordar una frase que había oído a un comentarista de televisión mientras se retransmitía un partido de la selección y que hacía referencia precisa-

mente al defensa central. "Es una muralla infranqueable", había dicho aquel locutor.

—¡Soy una muralla infranqueable! –gritó a sus
compañeros al incorporarse al partido, que acababa
de comenzar.

Y luego se quedó pensando en sus palabras. Recordó entonces que era en China donde existía una de
las murallas más famosas del mundo. ¿Por qué había
tenido que compararse con una muralla? ¡La Muralla
China! No le gustaría que sus compañeros le pusiesen
ese apodo. "Mari Pepa, *la Muralla China*".

En ese momento vio acercarse a un delantero del
equipo contrario con el balón controlado. Ella era el último defensor. Si la superaba, se plantaría solo delante
del portero, y ese chico era de los que mejor chutaba,
con fuerza y colocación. Decidida, corrió a su encuentro, estiró la pierna y cortó su avance. Los dos rodaron
por el suelo.

—¡Penalti y expulsión! –gritó el delantero desde el
suelo, indignado por la entrada.

—¡Se ha tirado a la piscina! ¡Ni lo he tocado! –gritó
ella, frotándose la rodilla, que le dolía un poco.

"*¡La Muralla China!*", pensaba Mari Pepa, aunque
no se atrevía a decirlo en voz alta. Los dos equipos
se habían enzarzado en una discusión imposible para
determinar si la entrada había sido o no penalti.

2 Más negro que el betún

A las cinco en punto de la tarde, Mari Pepa se encontraba en la plaza del Árbol Solitario. Llevaba ya un rato allí, dando vueltas a la pequeña plaza, observando todas esas cosas que tantas veces había visto: los bancos de madera, las farolas con papeleras abrazadas a su talle, los pájaros que bebían agua en un charco junto a la fuente, el anciano que dormitaba con el periódico entre las manos... Y en el centro el gran árbol, el viejo álamo de corteza rugosa que extendía sus frondosas ramas sobre la plaza, como un inmenso paraguas verde.

Sus padres le habían contado muchas veces que en la plaza del Árbol Solitario había dado sus primeros pasos. Su madre se sentaba en uno de los bancos y la sujetaba entre las piernas. Entonces su padre se separaba unos metros y se agachaba, extendiendo sus brazos hacia ella.

—Ven con papá, Mari Pepa.

Y de esta forma, titubeando, comenzó a andar sin ayuda y consiguió dar cuatro pasos hasta los brazos de su padre, que la levantó en vilo y la colmó de besos. Su madre se levantó del banco asombrada. Se abrazaron los tres.

Conociendo como conocía a sus padres, seguro que comenzaron a llorar de emoción. Y ella, como si estuviera intuyendo que se trataba de un gran momento, daría palmitas y mostraría su sonrisa con dientes recién estrenados.

Pensó una vez más que tenía los mejores padres del mundo. Con ellos se sentía querida y protegida. Sabía que la querían más que a nada. Era muy feliz a su lado, en su casa, en su barrio, en su colegio, en la plaza del Árbol Solitario, que estaba tan cerca de donde vivían y en la que había aprendido a andar... Era muy feliz en aquel trocito de mundo, que era su mundo. No lo cambiaría por nada.

Pensó entonces en el cartel que había colocado por la mañana en el tablón de anuncios del colegio y se preguntó por qué lo había hecho. No encontró una respuesta. En ese momento le pareció una contradicción lo que había escrito en ese papel: si se sentía tan feliz, no tenía necesidad de descubrir nada más.

—Soy Mari Pepa García Pérez —susurró para que nadie pudiera escucharla—. Soy la hija de Mari y de Pepe, mi casa está muy cerca de aquí, también está cerca mi colegio, en el barrio viven todos mis amigos, en esta plaza di mis primeros pasos, me encantan los churros, voy a aprender a bailar sevillanas, juego al fútbol de defensa central... ¡La *Muralla China*! Todo tendría sentido si por las mañanas, cuando me miro en el espejo del cuarto de baño, no descubriera la cara de china que tengo.

Se acercó al banco más cercano a la fuente y miró su reloj. Eran las cinco y siete minutos. Recordó entonces que los niños del colegio nunca se detenían a mirar el tablón de anuncios. Estaba convencida de que nadie se habría fijado en la hoja de papel que había sujetado con chinchetas. Pensó que, en el fondo, sería lo mejor y que al día siguiente, en cuanto llegase, la arrancaría y la tiraría a la papelera. No merecía la pena.

Decidió marcharse. Pero no había terminado de dar el primer paso cuando escuchó una voz a sus espaldas.

—¿Tú eres Mari Pepa?

Se volvió de inmediato. Tras ella descubrió a un niño más o menos de su edad. No era de su clase, pero sí del colegio. Llevaba incluso la mochila llena de libros a la espalda. Nunca antes había hablado con él, pero su cara era de las que no se olvidan fácilmente.

—Sí –respondió.

—Yo me llamo Juan Antonio López Sánchez, pero todos me llaman Juanan.

Bastó que aquel niño pronunciase su nombre y sus dos apellidos para que Mari Pepa se diese cuenta de lo que estaba ocurriendo. Lo miró unos instantes y le sonrió.

Él sonrió también, dejando ver una dentadura grande y blanca, reluciente, que contrastaba con el color oscuro de su piel. Los ojos negros de Juanan brillaban tanto como sus dientes.

—Leí el cartel que pusiste en el tablón de anuncios —comentó él.

—Creía que nadie se fijaba en ese tablón de anuncios.

—Nunca me había fijado hasta hoy.

—¡Qué casualidad!

—¡Sí, qué casualidad!

Y Juanan volvió a reír, contagiando de inmediato a Mari Pepa. Su risa era muy espontánea y sincera. Daba la sensación de que reía con todo el cuerpo, no solo con la boca.

—¿De dónde eres? —le preguntó de pronto Mari Pepa.

—De aquí.

—Yo también.

—Pero nací en Etiopía.

—Yo, en China. ¿Te adoptaron?

—Sí, cuando era un bebé.

—Y claro, supongo que te pasará lo mismo que a mí. Te miras en un espejo y te preguntas cómo es posible llamarse Juanan López Sánchez y...

—... y ser más negro que el betún.

Juanan completó la frase mientras su boca dibujaba una hermosa sonrisa de oreja a oreja. Luego, como si estuviese esperando alguna otra cosa, se quedó mirando con atención a Mari Pepa. Ella no sabía qué hacer ni qué decir. Solo pensaba que su plan había resultado un completo fracaso.

Lo que no acababa de entender era por qué Juanan había acudido a la cita. Por eso le preguntó:

—¿Por qué has venido entonces?

—Leí el cartel y...

—Pero, si leíste bien el cartel, recordarás que yo buscaba lo contrario –lo interrumpió ella.

—Al leerlo, me di cuenta de que estabas buscando lo mismo que yo. Pensé que, si tú encontrabas una respuesta, me serviría a mí también.

—Oye, eres un aprovechado.

—Sí.

Juanan se encogió de hombros, como dando a entender que no había podido hacer otra cosa, y acentuó aún más la sonrisa que en ningún momento se había borrado de su rostro.

Durante unos segundos se quedaron indecisos. No sabían si despedirse y marcharse cada uno por su lado, o si continuar hablando, o si esperar juntos por si llegaba alguien más... Finalmente, se sentaron en el banco de madera. Juanan se descolgó la mochila que llevaba a la espalda y la dejó en el suelo.

—Vivo cerca de aquí –dijo al fin Mari Pepa, rompiendo un silencio que empezaba a resultarle incómodo.

—Yo también –añadió Juanan–, aunque casi nunca vengo a esta plaza.

—Pues yo aprendí a andar entre estos bancos.

—Yo lo hice en el pasillo de mi casa, que es muy largo. Mi padre me sujetaba en un extremo y mi madre me llamaba desde el otro.

—¿Lo recuerdas?

—No, me lo han contado ellos muchas veces.

—A mí también me lo han contado.

Dos gorriones se posaron en el suelo, no muy lejos de ellos, y comenzaron a rebozarse en la arena como si de un baño se tratase. Se movían muy rápido. Miraban nerviosos a todas partes como si temiesen algún peligro y, cuando se cercioraban de que no había riesgo se hacían un ovillo y se revolcaban durante unos segundos, levantando una nubecilla de polvo.

Mari Pepa y Juanan estuvieron contemplándolos, sin moverse para no asustarlos. Sin hablar. Sonreían y se miraban de reojo, complacidos por el ajetreo de los pajarillos. Solo cuando estos sacudieron sus plumas y echaron a volar, reanudaron la charla:

—No vendrá nadie –Mari Pepa miró a su alrededor y negó con la cabeza.

—¿Qué hacemos entonces? –preguntó Juanan.

—Nada. Volver a nuestras casas. Mañana quitaré el cartel del tablón de anuncios.

Mari Pepa observaba a Juanan y le llamaba la atención su sonrisa, que no se borraba ni un instante de su rostro. Últimamente a ella no le gustaba reír, pues se había dado cuenta de que cuando reía sus ojos casi desaparecían entre los pliegues de su rostro. Los de Juanan, por el contrario, parecían agrandarse más y brillaban de una manera muy intensa.

—Qué suerte tienes –le dijo.

—¿Por qué? –se extrañó él.

—Tus ojos se hacen más grandes cuando ríes.

—¿Los tuyos no?

—No. A mí se me pone cara de ratón.

—¿De ratón?

Ella no podía quitarse de la mente un ratoncillo chino que salía en una serie de dibujos animados por la televisión y que, el muy tonto, no paraba de reír sin ton ni son. Cuando lo hacía, sus ojos se empequeñecían hasta convertirse en dos rayitas.

Pasadas las cinco y media, decidieron marcharse. Se levantaron a la vez y se dispusieron a abandonar la plaza y su pequeña aventura. Juntos empezaron a caminar, alejándose del banco y de la fuente. Bordearon un seto de aligustre y se detuvieron un instante para despedirse.

Fue en ese momento cuando Juanan vio algo raro. Se acercó al seto, se agachó ligeramente y apartó unas ramas con las manos.

—Aquí hay una maleta –dijo.

Se acercó Mari Pepa y los dos observaron con atención. Se trataba, efectivamente, de una maleta de un tamaño más bien pequeño, en buen estado, de lona y con algunos refuerzos metálicos. No parecía que la hubiesen tirado; más bien daba la sensación de haber sido escondida entre el aligustre.

—¿Qué hacemos? –preguntó Mari Pepa.

Sin embargo, antes de que alguien pudiese responder a su pregunta, Juanan la había agarrado por el asa y comenzó a tirar de ella, con intención de sacarla. Se quedó atascada entre las ramas, pero Mari Pepa la empujó por detrás y la liberaron sin dificultad.

3 La maleta escondida

Cuando toda la maleta estuvo fuera del aligustre la colocaron en el suelo y se arrodillaron a su lado. Los dos sentían una enorme curiosidad por aquella maleta, y si no la abrieron de inmediato fue porque al mismo tiempo sentían un poco de desconfianza y miedo, como si esperasen encontrar en su interior algo desagradable o, incluso, peligroso.

—Yo creo que debemos llevarla a la policía –dijo Mari Pepa.

—Antes hay que abrirla –replicó Juanan–. Sería ridículo llevársela a la policía y que no hubiera nada dentro.

—Pero a lo mejor está cerrada con llave.

Juanan estaba manipulando el cierre, que era de metal y tenía por los extremos dos pestañas que sobresalían. Las apretó a la vez y se escuchó con claridad un clic. A continuación, como por arte de magia, la maleta se abrió.

Entre los dos la llevaron hasta el banco y la colocaron sobre el asiento de madera. Luego examinaron con curiosidad su interior. Estaba llena de ropa amontonada de cualquier manera, sin ningún cuidado.

Había también un neceser con una pastilla de jabón sin empezar, un frasco de colonia casi vacío, un peine, un cepillo de dientes y un tubo de pasta dental. También había unos zapatos metidos en una bolsa de plástico de un supermercado.

Sacaron algunas prendas y, por el tamaño, dedujeron que pertenecerían a un niño, más o menos de su edad.

—Alguien habrá tirado todo esto –comentó Juanan.

—Pero la maleta no estaba tirada, sino escondida –Mari Pepa pensaba que había muchas formas de deshacerse de una maleta llena de ropa, pero ninguna de ellas pasaba por esconderla entre los aligustres de la plaza–. Además, la ropa no es vieja ni está rota.

—Pero a lo mejor se le ha quedado pequeña a su dueño y los padres han decidido quitársela de en medio –añadió Juanan, al que le parecía más razonable que la maleta hubiese sido abandonada a propósito.

Mari Pepa se dio cuenta de que la maleta tenía una cremallera en la parte abatible. Pensó que quizá dentro de ese compartimento encontrasen algo más interesante, alguna pista de su dueño, o de los motivos que lo habían llevado a deshacerse de ella. Decidida, descorrió la cremallera y se dispuso a meter la mano. Pero una potente voz la detuvo en seco:

—¡¿Qué hacéis con mi maleta?!

Tardaron en reaccionar. Al oír aquel grito con pregunta dentro, o aquella pregunta con grito, se quedaron paralizados. Aunque no habían hecho nada malo, tenían la sensación de que los habían pillado con las manos en la masa y no podían sacudirse de encima un sentimiento de culpa.

—¿Es tuya? –preguntó Mari Pepa.

—Sí –respondió el recién llegado, que era un niño más o menos de su misma edad.

—La encontramos tirada –quiso explicarle Juanan.

—¡No estaba tirada! –protestó airadamente el niño–. Estaba escondida. Yo mismo la escondí allí.

Pensó Mari Pepa que aquel niño tenía razón. Ella acababa de defender esa idea. Pero lo que resultaba evidente era que ellos, a pesar de todo, la habían encontrado. Así se lo hizo saber.

—Nosotros la vimos al pasar y nos llamó la atención. La abrimos por curiosidad y por saber si dentro podíamos encontrar las señas del dueño.

—El dueño soy yo –replicó el niño, que no podía borrar de su rostro una expresión de mal humor.

—No falta nada, puedes comprobarlo –Juanan le invitó con un gesto a que revisase sus cosas.

El niño se acercó a la maleta y cerró la cremallera que momentos antes había abierto Mari Pepa. Luego apretujó la ropa hacia el interior, sin ningún cuidado, y finalmente cerró también la maleta. De nuevo se escuchó perfectamente el clic.

—No te enfades con nosotros –le dijo Mari Pepa–. Si lo piensas bien, verás que la culpa ha sido tuya, por no esconderla mejor.

—No tuve tiempo de esconderla mejor, me estaba...

El niño interrumpió la frase, como si le diera apuro continuar. Pero en Mari Pepa y Juanan había despertado una gran intriga.

—¿Te estabas...?

—Me estaba... Bueno, necesitaba ir urgentemente al servicio. Entré en un bar que hay cerca de aquí y pensé que sin la maleta llamaría menos la atención.

Con energía, el niño agarró la maleta del asa y la sacó del banco de un tirón. Parecía dispuesto a marcharse sin dar explicaciones.

—¿Has venido por lo del cartel? –le preguntó Mari Pepa, con ánimo de retenerlo un poco.

—¿Qué cartel? –se extrañó el niño.

—El del tablón de anuncios del colegio.

—¿Qué colegio?

Las preguntas de aquel chico con cara de tan pocos amigos le dieron una idea a Mari Pepa. Se trataba de algo tan sencillo como proceder a las presentaciones, algo que siempre se hace cuando dos o más personas se conocen.

—Me llamo Mari Pepa –comenzó a decir–. Y él es Juanan.

—Yo me llamo Víctor –dijo el niño, sin mucho interés.

—Soy española, pero nací en China –continuó Mari Pepa, que se creyó en el deber de dar algunas explicaciones más–. Juanan es español, pero nació en Etiopía.

—¡Qué lío! –exclamó Víctor–. ¿Y os habéis juntado para formar un club, o algo por el estilo?

—¡No hemos pensado en formar ningún club! –le replicó Mari Pepa un poco molesta.

Víctor echó a andar con la maleta en la mano. Ni Mari Pepa ni Juanan sabían el porqué, pero a ninguno le apetecía que aquel muchacho de su edad al que acababan de conocer se marchase sin contarles nada más. Les intrigaba mucho que anduviera solo por la calle, con una maleta llena de ropa.

Con ánimo de retenerlo, Juanan le hizo una nueva pregunta:

—¿Tú dónde has nacido?

—Aquí.

—¡Qué suerte! –exclamó Mari Pepa.

—¿Suerte? –se extrañó Víctor–. ¿Por qué?

—Porque seguro que tú sabes quién eres.

—Pues claro que lo sé. Todo el mundo lo sabe.

—Nosotros a veces no lo tenemos muy claro.

Víctor negó con la cabeza y les dedicó una mirada llena de compasión.

—Creo que estáis pirados –dijo–. Me iré cuanto antes, no vaya a ser que me contagiéis vuestra locura.

Con decisión, Víctor comenzó a alejarse. Los dos le miraban sin saber qué hacer ni qué decir. De pronto, a Mari Pepa se le ocurrió una nueva pregunta:

—¿Adónde vas?

Víctor se detuvo en seco, como si la pregunta le hubiera causado una gran impresión, quizá como si le hubiese recordado algo que había olvidado durante los últimos minutos. Se volvió despacio y se quedó mirándolos un buen rato. Daba la sensación de que mil dudas se agolpaban en su mente. La expresión de su cara había cambiado por completo y un halo de tristeza se iba apoderando de ella. Bajó la cabeza y dijo:

—No sé.

—¿No sabes?

Víctor no pudo decir nada más. Se limitó a negar con la cabeza.

—¿No tienes casa? –le preguntó Juanan.

Víctor volvió a negar con la cabeza.

—¿No tienes familia?

Y Víctor repitió el mismo gesto.

4 La motocicleta

Mari Pepa y Juanan sintieron de pronto tanto interés por Víctor que casi lo retuvieron a la fuerza. Lo agarraron entre los dos y, prácticamente en volandas, lo condujeron hasta el banco de madera y lo obligaron a sentarse justo en el centro. Él colocó la maleta entre sus piernas y apretó sus rodillas contra ella, dando a entender que no quería volver a perderla de vista ni un momento.

Como si se tratara de un auténtico chaparrón, las preguntas comenzaron a descargar sobre él sin descanso. Eran tantas y tan seguidas que le resultaba imposible responderlas.

—¿No sabes adónde vas?

—¿No tienes casa?

—¿Dónde vives entonces?

—¿No tienes familia?

—¿No tienes a nadie?

Al final, y en vista de que Víctor no respondía, comprendieron que lo estaban agobiando y aturdiendo con tanta insistencia. Se callaron y permanecieron un buen rato mirándolo en silencio.

Fue entonces cuando se dieron cuenta de que la cara de Víctor reflejaba una tristeza profunda, que no se notaba a simple vista, pero que impresionaba mucho cuando se descubría. Era una tristeza que jugaba a ser esquiva y buscaba un lugar donde pasar desapercibida. Por eso intentaba ocultarse en el fondo de sus ojos, detrás de su piel, entre la comisura de sus labios, tras sus orejas, bajo el flequillo que cubría parte de su frente...

—¿Podemos ayudarte? —le preguntó de pronto Mari Pepa, rompiendo el largo silencio que se había producido.

—No —se limitó a responder Víctor.

—Pero a nosotros nos gustaría ayudarte —continuó ella.

Juanan ratificó sus palabras con ostentosos gestos afirmativos, mostrando a las claras su buena disposición.

Víctor se quedó un instante pensativo, luego negó con la cabeza y, como si hablase consigo mismo, dijo:

—Nadie puede ayudarme. Además, si él me encuentra, estoy perdido.

Aquel chico era una excitante caja de sorpresas. Ahora les daba a entender que alguien lo estaba buscando, alguien con quien no quería encontrarse. Quizá por ese motivo estuviera huyendo.

—¿Alguien te persigue? —le preguntó esta vez Juanan.

Víctor se limitó a afirmar con la cabeza, como si hablar le costase mucho trabajo.

—¿Quién? –Mari Pepa se estaba poniendo nerviosa y casi no podía soportar la tensión que le estaba produciendo aquella experiencia tan sorprendente como inesperada.

Víctor alzó ligeramente la cabeza y, durante unos segundos, los miró como si les estuviera pasando revista.

—¿Sabéis quién es Dani Ogro? –dijo al fin.

—¡Sí! –exclamó de inmediato Juanan–. ¡Quién no conoce a Dani Ogro! ¡Me encanta su programa! ¡No me lo pierdo nunca!

—Pero... ¿te refieres al presentador de televisión? –Mari Pepa quería cerciorarse de que se refería al famosísimo presentador de televisión.

—Sí.

—¡El show *de Dani Ogro!* –exclamó Juanan, engolando la voz para imitar a la que lo anunciaba a bombo y platillo cada semana–. *"¡Su programa de la noche del viernes!"*

Mari Pepa cada vez entendía menos. Miró fijamente a Víctor antes de preguntarle:

—¿Qué tiene que ver contigo ese presentador?

—Nada.

—¿Entonces...?

—Me persigue.

—¿Por qué?

—Quiere sacarme en su próximo programa.

—¿¡En *El* show *de Dani Ogro!?* –Juanan no podía dar crédito a lo que estaba oyendo.

—Sí.

—¡Es fantástico!

—No lo es.

De pronto, algo sobresaltó a Víctor. Todo su cuerpo se puso en gran tensión. Frunció la frente y arrugó la nariz. Su gesto revelaba atención y preocupación al mismo tiempo.

Se levantó del banco y agarró la maleta.

—¿Qué te ocurre? —le preguntó Mari Pepa.

—¿No oís? —respondió con una pregunta.

—¿El qué?

—Una motocicleta.

Escucharon atentamente. Víctor tenía razón. Aunque no estaba dentro de la plaza, podían escuchar con claridad el ruido del motor de una Harley-Davidson, un sonido inconfundible, que parecía una mezcla de catarro mal curado y pedorreta incontrolada.

—¡Es él! —los ojos de Víctor reflejaban auténtico terror.

—¿Te refieres a...? —Juanan inició una pregunta que no quiso o no supo terminar.

—¡Si me encuentra, estoy perdido!

Entonces, sin saber por qué, Mari Pepa se decidió a ayudar a Víctor. Había que esconderlo antes de que la motocicleta llegase a donde se encontraban.

—¡El seto de aligustre! —le gritó—. Vamos, no pierdas tiempo. Escóndete ahí.

Juanan y Mari Pepa volvieron a llevar a Víctor en volandas hasta el seto de aligustre. Mientras él apartaba con sus propias manos algunas ramas, ella lo empujó hasta introducirlo en aquel improvisado escondite. Su inseparable maleta le sirvió para abrirle hueco y, aunque se estaba clavando las ramas por todo el cuerpo, no protestó.

A continuación, y como si estuvieran protegiendo un tesoro, los dos se colocaron delante del matorral.

Unos segundos después irrumpió en la plaza del Árbol Solitario una impresionante motocicleta pintada de amarillo y negro, como una gigantesca avispa, con unos cromados tan brillantes que parecían espejos. Tenía un manillar grande que desembocaba en una orquilla más grande todavía, lo que hacía que la rueda delantera pareciera que no formaba parte del vehículo.

El conductor permanecía sentado con la espalda recta y las piernas y brazos bien estirados. Vestía un mono a juego con los colores de la moto y un casco completamente negro. Su aspecto no pasaba desapercibido y, como él lo sabía, se recreaba en todos y cada uno de sus movimientos, como un presuntuoso pavo real.

Dio una vuelta completa a la plaza y, finalmente, se detuvo delante de los niños. Echó un pie a tierra para mantener el equilibrio. La visera del casco, en todo momento bajada, ocultaba su rostro por completo.

—¿Habéis visto a un niño de vuestra edad con una maleta? –preguntó.

—No –respondió de inmediato Mari Pepa.

—¿Estáis seguros? –insistió, como si estuviera desconfiando de ellos.

—Sí, estamos seguros. No hemos visto a ningún niño con una maleta –volvió a decir Mari Pepa, mientras que Juanan apoyaba sus palabras con evidentes gestos de negación.

Sin decir nada más, aquel hombre aceleró la motocicleta, que rugió con ese sonido entrecortado

y rotundo antes de salir disparada de allí. En unos segundos abandonó la plaza del Árbol Solitario.

Entonces, Juanan suspiró y, aún impresionado, comentó:

—Nunca hubiese imaginado estar tan cerca del mismísimo Dani Ogro.

—¿Era él? No pudimos verle la cara.

—Su voz es inconfundible.

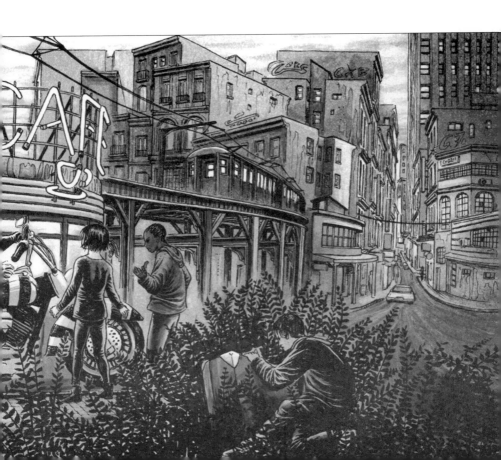

5 El quiosco de periódicos

Estaban tan impresionados por lo que acababan de vivir, que Mari Pepa y Juanan no eran capaces de reaccionar. Aunque hacía ya varios minutos que la motocicleta había desaparecido y, con ella, el ruido de su poderoso motor, seguían mirando en dirección a la calle por la que se había alejado. Daba la sensación de que se habían convertido en estatuas, en un conjunto escultórico que representase la sorpresa, el asombro, el desconcierto...

Tuvo que ser Víctor quien los sacase del ensimismamiento. Le resultaba muy incómoda aquella postura, y además las ramas se le clavaban por todas partes.

—¿Ya se ha ido? –preguntó.

Aquella elemental pregunta sirvió para que cayesen en la cuenta de que Víctor seguía dentro del matorral, donde ellos mismos lo habían escondido, ovillado junto a su maleta.

Reaccionaron de inmediato y apartaron las ramas del aligustre con decisión. Luego lo ayudaron a salir. Mientras él sujetaba las ramas, ella tiraba de la maleta.

—¡Despacio! –protestó Víctor–. Estas ramas pinchan como alfileres.

En unos segundos consiguieron sacarlo sano y salvo, aunque con algún arañazo.

—¿Por dónde se ha ido? –preguntó Víctor, sacudiéndose unas hojas sueltas que se le habían quedado enganchadas entre la ropa y en el pelo.

—Por allí –Juanan señaló en una dirección.

—Entonces yo me iré por allá –y echó a andar en dirección contraria.

—¿Te vas así, por las buenas? –le preguntó Mari Pepa, un poco indignada, pues no entendía la reacción del muchacho.

Víctor se detuvo un instante y volvió la cabeza. Su gesto distaba mucho de ser amable.

—¡Ah! –exclamó como si hubiera recordado algo–. Gracias por vuestra ayuda.

—No tienes que agradecernos nada, pero nos gustaría saber qué piensas hacer ahora.

—Como el programa de Dani Ogro es el viernes, buscaré un sitio donde esconderme hasta el sábado –respondió Víctor como si tal cosa.

—A lo mejor podemos ayudarte –intervino Juanan.

—¿Conocéis un lugar seguro donde no me encuentre Dani Ogro?

—Puedes venir a mi casa –le dijo entonces Mari Pepa–. A mis padres no les importará que...

—¡No, no! –la cortó Víctor con seguridad–. Ninguna de vuestras casas sería segura. Vuestros padres me harían preguntas y acabarían llamando a la policía o a la asistencia social. No iré a vuestras casas.

Víctor, como si hubiera dado por zanjada la discusión, reanudó la marcha como si tal cosa. Pero unas palabras de Juanan lo detuvieron en seco.

—Yo conozco un lugar seguro donde nadie te encontrará.

Juanan le contó entonces que unos tíos suyos tenían un quiosco de prensa, no muy lejos de allí. Acababan de cerrarlo porque se habían trasladado a un local cercano, un bajo comercial mucho más amplio, donde, además de periódicos y revistas, habían comenzado a vender otros productos.

—Está vacío y sé dónde guardan la llave mis tíos— dijo para concluir sus explicaciones.

Se produjo entonces un largo silencio. Con expresión de desconcierto, Víctor miraba a Mari Pepa y a Juanan. No entendía bien por qué querían ayudarlo. Acababa de conocerlos. Sí, le habían caído bien, aunque a veces pensaba que pertenecían a un club de pirados. Se repetía una y otra vez que no debía fiarse de nadie. Lo malo era que no le quedaban muchas opciones, pues si seguía deambulando solo por la calle, más tarde o más temprano sería descubierto por Dani Ogro.

—Acepto –dijo al fin.

Tomando muchas precauciones, con los oídos muy atentos por si volvían a escuchar el rugido de la motocicleta del famoso presentador de televisión, los tres juntos se dirigieron al quiosco de periódicos de los tíos de Juanan.

Era de aluminio y cristal, con un tejadillo de un material sintético que sobresalía por todos lados, como si de un sombrero de ala ancha se tratase. Los cristales estaban recubiertos por el interior con cartones y revistas antiguas, ya muy descoloridas. Tenía toda la pinta de estar cerrado y abandonado.

—Mis tíos dicen que van a llevárselo de aquí –les explicó Juanan–. Lo cargarán en un camión con una grúa y lo trasladarán a un basurero para reciclarlo. Pero aún tardarán unos días.

—Parece un sitio seguro –comentó Mari Pepa.

Víctor tuvo que reconocer que, por mucho que buscase, no encontraría nada mejor. Podría permanecer en el interior, disponiendo de un espacio para moverse, cerrado con llave, a salvo de las miradas de cualquier curioso.

Mientras Juanan iba en busca de la llave, Mari Pepa y Víctor se quedaron junto al quiosco, muy atentos para detectar cualquier posible peligro.

—Juanan ha tenido una buena idea –comentó Mari Pepa, por romper un silencio incómodo.

—Sí –admitió él.

—Aquí no te encontrará Dani Ogro.

—Eso espero.

Víctor no se mostraba muy comunicativo y Mari Pepa no sabía cómo hacerle hablar. Aunque tenía fama de charlatana, con él le resultaba difícil mantener una conversación. Se mostraba esquivo, como si quisiera dar a entender que prefería estar callado. Eso la cortaba a ella a la hora de decir algo, pues siempre se planteaba si le molestaría con sus palabras y con sus preguntas.

Pero el silencio le resultaba demasiado tenso, insoportable.

—Dime tres nombres de cosas de color amarillo –le dijo de pronto.

—¿Para qué? –se sorprendió Víctor.

—Tú solo dime tres cosas de color amarillo –insistió Mari Pepa.

—Pues... un limón, un canario y la camiseta de la selección brasileña.

Mari Pepa no pudo evitar un gesto de decepción, que se reflejó en sus palabras:

—¿Es que no hay más cosas amarillas en el mundo?

Víctor se encogió de hombros, sin entender nada.

—Estás pirada.

—Has sido muy poco original.

—Creo que pertenecéis a un club de pirados –Víctor le dedicó un gesto que quiso ser despectivo, pero que ni siquiera alcanzó la categoría de burlón.

No tardó mucho tiempo en regresar Juanan con la llave del quiosco de prensa abandonado. Llegó sudoroso, pues hizo todo el camino de ida y vuelta a la carrera.

—¡Aquí está! –dijo nada más llegar, y les mostró la llave, como si fuera un trofeo–. Nadie se ha dado cuenta de que la he cogido. Y no la echarán de menos.

Se dirigió derecho hacia la puerta del quiosco, pero Mari Pepa lo detuvo.

—Hay que tomar precauciones –dijo.

Era lógico pensar que nadie debería ver cómo Víctor entraba en el quiosco. Eso significaba actuar con mucha prudencia y sentido común. Elaboraron un plan.

Aguardarían pacientemente el momento oportuno, y ese momento solo llegaría cuando nadie transitase por la acera donde estaba situado el quiosco. En ese instante, abrirían la puerta para permitir la entrada de Víctor, quien se quedaría con la llave y cerraría por dentro. Había que evitar a toda costa testigos.

—Tenéis que prometerme una cosa –dijo de pronto Víctor.

—¿El qué? –preguntó de inmediato Juanan.

—Que no le diréis a nadie dónde estoy.

—Lo prometo –dijo Juanan solemnemente.

—Lo prometo –añadió Mari Pepa en el mismo tono.

Aunque durante algunos minutos llegaron a pensar que en ningún momento la acera se quedaría desierta, pues no dejaba de transitar gente, el milagro se produjo. Volvieron la cabeza a un lado y a otro.

—¡Ahora! –dijo Mari Pepa.

Juanan abrió la puerta del quiosco y le entregó la llave a Víctor. Luego, prácticamente entre los dos lo metieron de un empujón y cerraron de golpe.

—Echa la llave –le dijo Juanan.

—Estoy haciéndolo.

Sintieron cómo la llave giraba en la cerradura y se cercioraron desde fuera de que la puerta había quedado cerrada.

—¡Perfecto! –exclamó Mari Pepa.

Permanecieron aún unos minutos junto al quiosco. No podían marcharse así, por las buenas, y dejar tirado a Víctor. Había que concretar algunas cosas con él. Aprovechaban para hablar los momentos en que no transitaba nadie por los alrededores. Y, aun así, procuraban mirar hacia otro lado.

—¿Qué tal ahí dentro? –le preguntó Mari Pepa.

—No está mal –respondió Víctor–. Un poco oscuro.

—Aquí no te encontrará Dani Ogro, ni nadie –le dijo Juanan.

—Pero no hagas ruidos –le aconsejó Mari Pepa.

—Nosotros volveremos mañana por la tarde, cuando salgamos del colegio –añadió Juanan.

—Necesitamos una contraseña –dijo de pronto Víctor–. Solo así podré saber que sois vosotros.

Era lógico lo que les planteaba Víctor. Necesitaban una contraseña que solo ellos conocieran. Era una medida de seguridad elemental.

—¿Se te ocurre alguna? –preguntó Mari Pepa a Juanan.

Entonces, desde el interior del quiosco les llegó la voz de Víctor:

—Soy del club de los Pirados.

—¿Qué dices?

—Esa será la contraseña. Solo os responderé si antes decís la contraseña: "Soy del club de los Pirados".

Ni a Mari Pepa ni a Juanan les pareció bien la contraseña. Daba la sensación de que Víctor se estaba riendo de ellos. Pero prefirieron no discutir y la dieron por buena.

—Aceptamos la contraseña –dijo finalmente Juanan.

Disimulando en todo momento, Mari Pepa y Juanan se fueron alejando del quiosco abandonado. Al principio caminaron juntos. Luego, al llegar al primer cruce, donde cada uno debía tomar la dirección de su casa, se detuvieron para hablar un momento. Quedaron en reunirse al día siguiente en el mismo sitio donde se habían encontrado, es decir, en el banco más cercano a la fuente de la plaza del Árbol Solitario y a las cinco de la tarde. Desde allí, juntos, se dirigirían al quiosco.

Antes de separarse, un ruido que ya les resultaba familiar los retuvo un momento. Era el inconfundible motor de la Harley-Davidson de Dani Ogro, que como si fuera un policía en busca de un delincuente no dejaba de patrullar por las calles del barrio. Aquel sonido los dejó paralizados. No sabían por qué, pero sintieron miedo. Era como si de pronto, por arte de magia, Víctor les hubiese trasladado todos sus temores.

La motocicleta no tardó en aparecer por una de las calles. Su visión los puso más nerviosos de lo que ya estaban. Mari Pepa se dio cuenta e hizo un esfuerzo para remediarlo:

—¡Que no note nada! –le dijo a Juanan en voz baja.

Al pasar junto a ellos, la motocicleta aminoró considerablemente la marcha. Daba la sensación de que pensaba detenerse. Pero, de pronto, rugió el motor con fuerza y se alejó a toda velocidad.

6 La increíble historia de Víctor

Ya en su casa, Mari Pepa no podía dejar de pensar en Víctor. Ese muchacho misterioso que se había cruzado inesperadamente en su vida la obligaba a cavilar constantemente. ¿Quién era en realidad? ¿Era cierto que estaba solo en el mundo, como les había hecho creer? Le costaba trabajo admitirlo, pero... ¿qué motivos podía tener para mentir? Además, era muy extraño que huyese con una maleta. ¿Y por qué huía precisamente de un famoso presentador de televisión?

Eran tantas las preguntas que se hacía, que pensó que su cabeza iba a estallar. Preguntas, preguntas, preguntas... ¡y ninguna respuesta! Pensó que debía haber hablado más con él y haberle preguntado cosas concretas sobre su vida.

Lo cierto era que ese muchacho había conseguido conmoverla hasta el punto de haberse volcado en su ayuda. Y no solo ella. Estaba segura de que Juanan sentía lo mismo.

Se había sentado en el suelo, en el salón, sobre la alfombra, con la espalda apoyada contra el sofá. Su padre veía un concurso en la televisión y, al mismo tiempo, rellenaba las casillas del crucigrama del periódico. Su madre no había llegado todavía.

De pronto, sin saber muy bien por qué, se volvió hacia su padre.

—¿Qué opinas de Dani Ogro? –le preguntó.

El padre apartó un poco el periódico y miró a su hija.

—¡Menudo carnicero! –exclamó.

—Me refiero al del programa de los viernes en la tele –le explicó Mari Pepa, pensando que no había entendido bien la pregunta.

—Lo sé –continuó el padre–. ¡Menudo elemento! Solo quiere triturar a la gente. Su programa es como una máquina de hacer carne picada. A todo el que pasa por allí lo convierte en hamburguesa y se lo come.

—¡Oh! –se sorprendió la niña.

El padre se dio cuenta de que había hablado de una forma que su hija tal vez no había entendido, por eso trató de aclarar las cosas.

—Hablo en sentido figurado –dijo–. Dani Ogro solo hace telebasura apestosa, donde se comercia hasta con los sentimientos más íntimos de la gente. ¿Lo entiendes?

Mari Pepa afirmó con la cabeza. Y de inmediato un escalofrío recorrió todo su cuerpo al imaginarse a Víctor convertido en hamburguesa.

Pero una nueva preocupación comenzó a desviar sus pensamientos hacia otro lugar. Era algo mucho más concreto y urgente: Víctor iba a pasar la noche solo en aquel quiosco abandonado, sin ropa de abrigo, sin luz y sin comida. ¿Cómo no habían pensado antes en ese detalle? Si no comía, acabaría muriéndose de hambre. Sin luz, acabaría muriéndose de miedo. Sin una manta, acabaría muriéndose de frío.

A Mari Pepa la espantaron sus propios pensamientos.

Se levantó de un salto y se dirigió a su cuarto. Tenía que poner remedio a aquella situación, y tenía que hacerlo pronto, antes de que llegase su madre. A su padre lo convencería con más facilidad, aunque tendría que mentirle e inventarse una excusa para que la dejase salir de nuevo a la calle.

Sacó del altillo de su armario una manta. Era una manta de viaje, sujeta con un par de correas, que nunca usaban. Nadie la echaría en falta.

De un cajón de una mesa sacó una linterna. No era muy buena. Se la habían regalado a su padre con un periódico. Comprobó su funcionamiento y le puso las pilas nuevas.

Por último, fue a la cocina y en una tartera de plástico metió comida que encontró en el frigorífico: jamón, queso, yogures, fruta... Además, cogió una botella de agua.

En una bolsa enorme de unos grandes almacenes lo metió todo, teniendo siempre la precaución de que su padre no la viese. Dejó la bolsa en el recibidor, junto a la puerta de la calle, y regresó al salón.

—Voy a salir un momento, papá.

—Es tarde.

Pero ya tenía la trola preparada y la soltó de sopetón. Le dijo que había quedado con una amiga que vivía muy cerca para hacer un trabajo que les habían mandado en el colegio.

Con la bolsa a cuestas bajó las escaleras y salió a la calle. Y a toda prisa, sin perder un segundo, echó a correr hacia el quiosco de periódicos abandonado, que no se encontraba lejos de su casa.

Al llegar, se apoyó en la puerta de cristal y dejó caer la bolsa. Esperó a que no hubiera gente por los alrededores. Solo entonces se atrevió a hablar:

—¡Víctor, soy Mari Pepa! ¡Ábreme! ¡Te he traído algunas cosas!

Esperó unos segundos, pero no obtuvo respuesta. Se extrañó mucho. Iba a insistir cuando recordó algo.

—¡Soy del club de los Pirados! –dijo.

Y como si hubiera pronunciado unas auténticas palabras mágicas, la puerta del quiosco se abrió. Mari Pepa miró a un lado y a otro. Al comprobar que no venía nadie, entró como una centella.

Al cerrar la puerta tuvo la sensación de haber sido tragada por la oscuridad absoluta. Se detuvo, temerosa de dar un paso y chocarse con algo. La voz de Víctor la tranquilizó.

—Cuando lleves un rato dentro te darás cuenta de que no está tan oscuro como parece.

—He traído una linterna.

Metió la mano en la bolsa de plástico y rebuscó hasta dar con ella. La encendió de inmediato y paseó el haz luminoso por el pequeño espacio del quiosco de periódicos hasta encontrar a Víctor.

—¿Estás ahí?

—¿Dónde quieres que esté?

Luego dirigió la luz hacia la bolsa de plástico.

—Te he traído una manta y algo de comida.

—¡Comida! –exclamó el muchacho.

—¿Tienes hambre?

—Creo que me ha entrado hambre al pronunciar la palabra *comida*.

Mari Pepa sacó la tartera de la bolsa y se la entregó a Víctor. Luego, ambos se sentaron en el suelo, frente a frente.

Él engullía lonchas de jamón y queso como si llevara días sin probar bocado. Ella lo observaba con curiosidad, alumbrándole con la linterna. Aquel chico cada vez le intrigaba más y estaba deseando preguntarle muchas cosas. Pero eran tantas que no sabía por dónde comenzar.

—Antes..., antes... –aunque titubeando, Mari Pepa se decidió a hablar–. Antes nos has dicho que no tienes familia.

—No tengo –reconoció Víctor con la boca llena.

—¿Y tus padres...?

Víctor tragó un par de veces. Después agarró una manzana, la frotó con la manga de su camisa, como si pretendiera sacarle brillo, y se dispuso a darle un mordisco. Pero algo lo detuvo en el último momento. Miró a Mari Pepa y debió de pensar que aquella chica que tan bien se estaba portando con él se merecía al menos una explicación.

Bajó la mirada y comenzó a hablar despacio, sin alterar su tono de voz. A medida que avanzaba en su relato se le notaba más ensimismado, como si los pensamientos lo hubieran trasladado a un lugar muy lejano.

—Nos íbamos de vacaciones —empezó un relato que prometía ser largo—. Mi padre, mi madre, mi hermano y yo. Nos levantamos temprano y cargamos todas las cosas en el coche. Yo era muy pequeño y me quedé dormido enseguida. Por eso, no me enteré de nada. Tuvimos un accidente. Cuando me desperté estaba en un hospital, en una cama grande, rodeado de aparatos que estaban conectados a mi cuerpo. Tardaron mucho tiempo en decirme que era el único que había quedado vivo.

Mari Pepa sintió una emoción muy fuerte. Se le hizo un nudo en el estómago y otro en la garganta, pues era incapaz de hablar. Ni siquiera podía articular dos palabras tan sencillas como "lo siento".

Ante el silencio de ella, Víctor pensó que tenía que seguir contándole más cosas de su vida.

—La única familia que me quedaba era mi abuelo Pablo, pero se había marchado hacía muchos años a América. Su dirección estaba en la agenda de mi madre, pero la agenda se quemó con el coche después del accidente. Por eso, cuando salí del hospital entré en un orfanato.

Mari Pepa sentía su garganta cada vez más seca, al contrario que sus ojos, que no cesaban de humedecerse. De pronto, notó cómo dos lágrimas saltaban la barrera de sus párpados y se deslizaban por las mejillas. No quería llorar. Le daba rabia llorar. Siempre había pensado que una china llorando resultaba un poco ridícula. Pero no podía evitarlo.

"¡Si por lo menos los chinos no llorasen...!"

—Pasé dos años en el orfanato. Una pareja quería adoptarme. No podían tener hijos y querían que yo me convirtiera en su hijo. A mí me caían bien. Me dijeron que iban a arreglar los papeles. Pero antes de hacerlo se divorciaron y se olvidaron de mí. Yo pensaba que me quedaría toda la vida en el orfanato, pero entonces regresó de América mi abuelo Pablo y me sacó de allí. Alquiló una casa para vivir los dos juntos. Con él sí que lo pasé bien. ¡Menudo tipo era mi abuelo Pablo! ¡Lo dejó todo para estar conmigo!

No hubiera hecho falta que Víctor continuase con su estremecedor relato, pues Mari Pepa ya intuía lo que había sucedido. Solo de pensarlo se le encogía aún más el corazón. Pero el muchacho estaba dispuesto a llegar hasta el final.

—Una noche se puso malo y me dijo que llamase al médico de urgencias. Pero cuando el médico llegó, ya era tarde. ¡Menudo tipo era mi abuelo Pablo! Tocaba la guitarra y la trompeta y estuvo en tres grupos musicales. Con uno de ellos llegó a grabar un disco. Lloré más cuando murió mi abuelo que cuando me enteré de que habían muerto mis padres y mi hermano. Después volví otra vez al orfanato. Allí fue donde me encontró Dani Ogro.

Víctor, como si hubiese llegado al final de la historia, suspiró profundamente y dio un gran mordisco a la manzana que había sostenido todo el tiempo entre las manos. Luego se quedó mirando fijamente a Mari Pepa y se extrañó de su continuado silencio.

—¿Has escuchado lo que te he dicho?

Mari Pepa hizo un gesto afirmativo con la cabeza.

—¿Y por qué no hablas?

Solo entonces, con gran esfuerzo, la niña consiguió tragar saliva y su garganta pareció suavizarse un poco. Al fin consiguió articular esas dos palabras que tanto había pensado:

—Lo siento.

Durante un buen rato los dos permanecieron callados. Los ojos de Mari Pepa ya se habían acostumbrado a la penumbra, por eso prefirió apagar la linterna. No quería que Víctor la viese llorar.

Al cabo de un rato, él le arrebató la linterna de las manos, jugueteó un poco con ella y volvió a encenderla. Dirigió la luz hacia su maleta, que estaba en un rincón.

—¿Quieres que te enseñe una cosa? –le preguntó.

—Sí –respondió ella sin pensarlo.

Víctor abrió la maleta y acercó la luz a la cremallera que había en el interior de la tapa. La descorrió con cuidado y metió la mano. Y con mucha delicadeza, como si se tratase de una auténtica joya, sacó un CD. Acercó aún más la linterna para que se viese mejor. La caja de plástico estaba embutida en una funda de cartón y en ella aparecían fotografiadas un montón de personas.

—¿Es el disco que grabó tu abuelo con su conjunto? –preguntó Mari Pepa.

—¡No! –la negativa de Víctor fue tajante–. Mi abuelo decía que era el mejor disco del mundo. Una tarde entramos en una tienda de discos y me lo compró. Me dijo que debería oírlo de vez en cuando durante toda mi vida, que esta música me ayudaría a vivir.

Entonces Mari Pepa leyó en voz alta lo que ponía en la carátula.

—*Sgt. Peppers Lonely Hearts Club Band.*

—La banda del club de los Corazones Solitarios del sargento Peppers –tradujo Víctor–. Es un disco de los Beatles. ¿Te suena?

—Sí.

Mari Pepa estiró el brazo para tocar aquel disco y, al hacerlo, su reloj de pulsera quedó al descubierto. Se sobresaltó al ver la hora. Se puso de pie de un salto.

—¡Tengo que irme!

Víctor se levantó también.

—Ten cuidado al salir. Abre primero una rendija y asegúrate de que no pase nadie.

—Juanan y yo volveremos mañana después del colegio.

Abrió la puerta con mucho cuidado y miró al exterior por la rendija. Iba a salir cuando una palabra de Víctor la retuvo un momento.

—*Sol* –dijo él.

—¿Qué? –se extrañó ella.

—El Sol también es amarillo.

La calle estaba despejada y aprovechó el momento para salir. Cuando se vio en el exterior echó a correr en dirección a su casa. Una frase daba vueltas y vueltas en su cabeza.

La banda del club de los Corazones Solitarios del sargento Peppers.

Los Corazones Solitarios del sargento Peppers.

Sargento Peppers.

Peppers.

Pepa.

Mari Pepa.

Luego pensó en otra cosa.

—¡El Sol también es amarillo! –exclamó, y aceleró aún más la carrera.

7 Dos pájaros de un tiro

Mari Pepa estaba ya muy cerca de su casa cuando vio algo que la hizo detenerse en seco: por el medio de la calle, imponente, apareció la motocicleta de Dani Ogro, negra y amarilla, como una avispa. Él la pilotaba como siempre, repanchigado en su asiento, con los brazos y piernas bien estirados. Al pasar junto a ella, giró la cabeza y la miró un instante. A pesar de que, como de costumbre, llevaba el casco puesto y la visera bajada, sintió aquella mirada como una punzada, como si una avispa de verdad le hubiera clavado su aguijón.

La motocicleta no aminoró la marcha, por eso se alejó de allí en unos segundos. Pero durante ese tiempo tan corto Mari Pepa tuvo una corazonada, y la corazonada le puso de punta sus pelos tiesos de china.

Se imaginó que Dani Ogro había descubierto el escondite de Víctor y se dirigía hacia allí para llevárselo. Quizá tenía compinches que vigilaban la ciudad entera para mantenerle bien informado. De ser así, alguno de ellos podía haberlos visto esconder al muchacho en el quiosco abandonado.

Sus propios pensamientos la paralizaron. No sabía qué hacer. El sentido común le decía que debía subir a su casa, pues ya se le estaba haciendo tarde; pero el más elemental sentido de compañerismo le decía que regresase al quiosco y se cerciorase de que Víctor se encontraba dentro, sano y salvo.

Se preguntó si el sentido común era una virtud de los chinos y, sin darse una respuesta, consciente de que iba a meterse en un gran lío pero dispuesta a aceptar todas las consecuencias, se dio la vuelta, apretó los dientes con rabia y volvió a correr en dirección al quiosco de periódicos.

Llegó sudorosa y fatigada, con la respiración entrecortada y el corazón latiéndole con fuerza. Se detuvo a unos veinte metros de distancia, en parte para recobrar un poco de aliento; pero, sobre todo, porque un detalle le impidió acercarse más: justo frente al quiosco abandonado estaba aparcada la motocicleta de Dani Ogro.

Buscó con la mirada al presentador, pero no lo vio. A pesar de que empezaba a ponerse muy nerviosa, trató de razonar con un poco de serenidad.

¿Dónde podía encontrarse Dani Ogro?

Quizá hubiese parado para tomarse algo; de ser así, se encontraría en algún bar por los alrededores, acodado en la barra, con el casco sobre un taburete, aguantando las miradas de la gente. Permanecer sentado mucho tiempo en una moto debía de resultar incómodo, pues el cuerpo acabaría agarrotándose.

Pero sus razonamientos encontraban un obstáculo que, como mínimo, resultaba inquietante: ¿por qué había aparcado la motocicleta precisamente al lado del quiosco de periódicos? No parecía una casualidad.

Cabía también la posibilidad de que sospechara algo y anduviese agazapado por allí, oculto, vigilando atentamente, intentando descubrir el paradero del muchacho.

Pero si de algo estaba segura Mari Pepa era de que Dani Ogro no se encontraba dentro del quiosco. Eso era imposible. Sin la contraseña, Víctor no abría la puerta a nadie, ella misma lo había comprobado. La única llave estaba en su poder y la puerta no tenía señales de haber sido forzada.

Un puñado de dudas se agolpaba en la cabeza de Mari Pepa y le impedía tomar una determinación. ¿Debía marcharse por donde había venido y regresar a su casa cuanto antes o debía prevenir a Víctor de la cercanía del presentador?

Sabía que lo sensato era marcharse, pues lo más probable era que sus inquietudes no tuviesen fundamento y solo fuesen producto de su nerviosismo. Pero tenía la sensación de que ya no podía dar marcha atrás, por eso se dirigió hacia el quiosco con muchas precauciones. Miró a un lado y a otro y se acercó a la puerta.

—Dani Ogro está por aquí –dijo–. Supongo que ya habrás escuchado su moto. No hagas nada que pueda llamar la atención. ¿Me oyes, Víctor?

Aguzó el oído, pero al no oír nada continuó hablando:

—No hagas ningún ruido. Procura no moverte mucho y no enciendas la linterna, por si acaso. ¿Lo has entendido?

Volvió a escuchar atentamente, pero siguió sin encontrar respuesta. Entonces recordó algo y, sin pensarlo, dijo:

—Soy del club de los Pirados.

No hizo más que pronunciar estas palabras y la puerta del quiosco se abrió como por arte de magia. Con decisión, para que nadie pudiese ver la puerta abierta, entró y cerró de inmediato.

Como la vez anterior, se sintió prisionera de la oscuridad. El cambio de la luz a la penumbra la cegó durante unos momentos.

—¿Víctor? –preguntó–. ¿Dónde estás?

De pronto, sintió una fuerte luz en forma de haz dirigida directamente a su cara. No se trataba de la linterna que había llevado poco antes, pues esa no tenía tanta potencia.

—¡Víctor! –exclamó asustada.

Una mano la agarró con fuerza y la empujó hacia el lado opuesto. Allí sintió el cuerpo del amigo. Se abrazó a él. Luego, escuchó con claridad el ruido de la cerradura. Habían cerrado la puerta por dentro.

—¿Has venido a ayudar a tu amiguito?

Era la voz inconfundible de Dani Ogro, la que llevaba años encandilando a los telespectadores. *¡El show de Dani Ogro! ¡Su programa de la noche de los viernes!*

—¡Déjenos salir! –gritó Mari Pepa asustada.

El presentador se acercó a ella. No dejaba de enfocarla con la linterna. Entonces pronunció unas palabras que le helaron la sangre.

—Por el bien de Víctor y por el tuyo, no vuelvas a gritar. ¿Entendido?

Sin pretenderlo, la cabeza de Mari Pepa se movió un par de veces de arriba abajo. Luego, sintió que el presentador se acercaba un poco más, sin apartar ni un momento la luz de su cara.

—¡Vaya! –exclamó–. ¡Eres china!

—¡No lo soy! –replicó enseguida la niña–. Me llamo Mari Pepa García Pérez y mis padres ya deben de estar preocupados por mí.

—¡Mari Pepa García Pérez! –rió Dani Ogro–. ¿Cómo es posible que con ese nombre tengas la piel amarilla?

Mari Pepa sintió mucha rabia de que aquel hombre le hiciese precisamente aquella pregunta. Era la pregunta que ella misma se hacía a menudo, cuando por las mañanas se miraba en el espejo del cuarto de baño.

—¡De color amarillo son los limones, los canarios, las camisetas de la selección de Brasil, el Sol! –dijo enrabietada–. ¡Mi piel no es amarilla!

Dani Ogro dejó la linterna en el suelo y Mari Pepa sintió un gran alivio al verse libre de aquella molesta luz. Cerró los ojos y volvió a abrirlos. Repitió la operación varias veces. Poco a poco empezó a distinguir con más claridad.

El locutor sacó un teléfono móvil de su bolsillo y, antes de marcar, hizo un comentario que ninguno de los niños entendió.

—Quizá mate dos pájaros de un tiro.

Luego marcó y estuvo hablando un rato con alguien. Por el tono y por las órdenes que daba, estaba claro que se trataba de un empleado suyo. Le dijo que cogiese un coche y que fuese a buscarlos. Le indicó el punto exacto donde se encontraba el quiosco de periódicos. A continuación, ante una probable pregunta de su interlocutor, explicó que ya había encontrado a Víctor, pero que no estaba solo, sino acompañado de una niña china que podía resultar "un nuevo filón".

A Mari Pepa le entraron ganas de preguntar qué significaba eso de *nuevo filón*, pero solo musitó unas palabras bien distintas:

—Mi casa está aquí, y mi barrio, y mi colegio, y mis amigos, y mi idioma, y mi nombre... Mis padres son de aquí. Yo también soy de aquí.

Tras la conversación telefónica, Dani Ogro apagó la linterna. Jugueteó un rato con la llave del quiosco, que tenía en su poder, y dijo:

—Tendremos que esperar un rato. No quiero que hagáis nada raro. Estaré todo el tiempo fuera, vigilando.

Y sin decir más, salió del quiosco. Solo en ese momento Mari Pepa se dio cuenta de que, por primera vez, llevaba el casco en la mano. A pesar de eso, seguía sin verle la cara con claridad.

Tras cerrar la puerta, oyeron de nuevo el sonido inconfundible de la cerradura, un sonido familiar que empezaba a resultar muy inquietante.

8 Las garras de Dani Ogro

Solo cuando se cercioró de que Dani Ogro había salido del quiosco, Víctor se atrevió a hablar. En el tono de sus palabras se notaba a las claras que estaba muy asustado. Su voz era débil y titubeante y hasta le costaba salir de su garganta.

—¿Por qué has vuelto? —su pregunta parecía más bien un reproche.

—Estaba a punto de llegar a mi casa cuando me he cruzado con él, que iba en su moto —le explicó Mari Pepa—. Pensaba que lo mejor sería prevenirte. Pero he llegado tarde.

Víctor negó varias veces con la cabeza. Su gesto expresaba desolación.

—Tenías que haberte olvidado de mí.

—Solo pretendía ayudarte —se justificó Mari Pepa, a la que sorprendía el tono arisco del muchacho.

—Pues no lo has conseguido y, además, ahora vas a necesitar que te ayuden a ti para librarte de las garras de Dani Ogro.

Las últimas palabras de Víctor realmente impresionaban. Parecían sacadas de un cuento de terror: *Librarte de las garras de Dani Ogro.*

Víctor se sentó en el suelo, con las piernas flexionadas, y se abrazó a sus rodillas. Mari Pepa lo imitó al momento. Juntos, en la misma postura, permanecieron unos segundos sin hablarse. Luego, ella recordó todo lo que él le había contado de su vida y cómo su relato se interrumpía justo en el momento en que aparecía Dani Ogro en el orfanato. Pensó que para entender lo que estaba ocurriendo debía conocer cuanto antes toda la historia de Víctor, pues estaba claro que tenía que existir alguna relación entre el presentador y él. Por eso le preguntó directamente:

—¿Qué ocurrió después?

Víctor volvió la cabeza hacia ella y con el gesto le dio a entender que no entendía la pregunta.

—La que no entiende nada de lo que está pasando soy yo —continuó Mari Pepa, alzando un poco el tono de voz—. Por eso debes contarme lo que ocurrió cuando Dani Ogro llegó al orfanato. ¿Qué pretendía? ¿Adoptarte?

—¿Adoptarme? ¡No!

—Entonces, ¿qué pintaba el famoso presentador allí?

—Buscaba personajes para su programa.

—¿Qué quieres decir?

—Es amigo del director del orfanato. Él lo avisó cuando encontró un personaje.

Mari Pepa resopló y dio un respingo.

—¡No entiendo nada! —exclamó molesta.

—Yo era el personaje —continuó Víctor—. El director del orfanato le llamó por teléfono y le dijo que si me llevaba a su programa, subiría la audiencia.

—¿Por qué subiría la audiencia? —Mari Pepa tenía la sensación de estar escuchando el relato de la historia más absurda del mundo. No obstante, quería seguir tirando del hilo para deshacer la madeja.

—Oí cómo le decía que mi vida era como una novela de Dickens.

—¿Quién es Dickens?

—No lo sé. Debe de ser un escritor de novelas tristes.

—Se lo preguntaré a mis padres. Ellos leen muchos libros y entienden de escritores.

Entonces Mari Pepa se dio cuenta de que, sin pretenderlo, su situación se había vuelto muy complicada. No podía preguntar nada a sus padres porque ni siquiera podía salir del quiosco de periódicos, donde un hombre famoso en todo el país por su programa de televisión la había encerrado en compañía de Víctor.

Pensó que ese muchacho le había cambiado la vida. No sabía cómo ni por qué, pero desde que lo había conocido, tan solo unas horas antes, todo parecía haberse trastocado.

No obstante, estaba convencida de que muy pronto las cosas volverían a ser como eran, pues no le parecía posible que aquella situación se prolongase durante mucho tiempo. Seguro que el famoso presentador regresaría de un momento a otro, les abriría la puerta, les pediría disculpas y podrían irse tranquilamente de allí. Así se lo hizo saber a Víctor.

—Estoy segura de que Dani Ogro nos dejará marchar enseguida.

—No lo hará —se limitó a responder Víctor.

—¿Por qué estás tan seguro?

—Conozco a Dani Ogro. Él me sacó del orfanato y me secuestró.

Las últimas palabras de Víctor volvieron a desatar la curiosidad de Mari Pepa.

—¿Te secuestró? —preguntó con incredulidad.

—Sí.

—Pero no es fácil sacar a un niño de un orfanato, llevárselo por las buenas y... —Mari Pepa intentó razonar en voz alta.

—Dani Ogro le dio dinero al director del orfanato para que arreglase las cosas. Están compinchados.

—¿Y para qué quería secuestrarte?

—¿No has visto nunca los viernes *El* show *de Dani Ogro*?

—A mis padres no les gusta ese programa. Dicen que Dani Ogro es un carnicero y convierte a la gente en carne picada, y que luego se la come como una hamburguesa.

—Desde hace unos meses la audiencia del programa está bajando —continuó Víctor—. Por eso me secuestró.

—¿Qué tiene que ver la audiencia contigo? —Mari Pepa seguía presa del más absoluto desconcierto.

—Él piensa que, si cuenta mi vida en el programa, volverá a subir la audiencia. Lleva anunciándolo varias semanas: *La tragedia de* Uve, *un niño sin nadie en el mundo*. Si vieses el programa, lo sabrías. Mañana, viernes, es el día anunciado.

—¿Te llamará *Uve*?

—Sí, no puede decir mi nombre. Y mi cara saldrá borrosa para que nadie pueda reconocerme.

Aunque nunca los veía, Mari Pepa había oído hablar mucho de esos programas donde se criticaba a la gente sin respetar su intimidad. Recordaba una frase de su madre: "Todo el mundo los critica, pero nadie deja de verlos". Sabía que a esos programas acudían siempre adultos y famosos, y le resultaba raro que Dani Ogro hubiera recurrido a un niño para subir la audiencia.

Por otro lado, pensó que tampoco era tan dramática la situación de Víctor, pues al fin y al cabo no era malo salir en la tele. A la mayoría de la gente le encantaría, y no digamos a la mayoría de los niños.

—Lo malo es que Dani Ogro no se conformará con contar mi vida –dijo de pronto Víctor, como si hubiera leído los pensamientos de Mari Pepa.

—¿Qué quieres decir?

—Lo malo es que quiere... adornarla.

—¿"Adornarla"?

—Él lo llama así, "adornarla". Dice que, cuanto más la adornemos, más subirá la audiencia. Quiere que diga un montón de mentiras, como que después de morir mis padres me recogió un domador de circo que me hacía trabajar de sol a sol limpiando los excrementos de los animales salvajes, que a veces me atacaban, y que si no lo hacía, me cruzaba la espalda a latigazos.

—¡Oh! –la cara de Mari Pepa se llenó de sorpresa.

—Quiere que diga que estuve viviendo en la calle, durmiendo en los portales, con una banda de delincuentes que robaban y pegaban a la gente; y que me drogaba inhalando pegamento.

—¡Oh!

—Quiere que diga que mi abuelo Pablo me obligaba a trabajar recogiendo chatarra por las calles, y que todos los días me daba una paliza.

Mari Pepa había vuelto a quedar cautivada por las palabras escalofriantes de Víctor. Hasta entonces ni siquiera se le había pasado por la cabeza que pudiera existir un niño parecido, con una historia detrás que no dejaba de erizarle la piel.

—¡Oh! –la última exclamación le salió de lo más hondo de su corazón.

—Cuando me explicó sus planes traté de escaparme –continuó Víctor–. Conseguí salir de su casa, pero me pilló en el jardín, junto a una verja de hierro muy alta que estaba tratando de escalar. Hasta ese momento Dani Ogro había tratado de convencerme por las buenas, pero desde entonces me amenazó con cosas terribles si lo desobedecía. Volví a intentar escapar varias veces, pero su casa es como una cárcel. Siempre me pillaba y redoblaba sus amenazas. Una vez me encerró en un cuarto pequeño, debajo de las escaleras. Me tuvo dos días enteros sin salir.

—Yo me habría muerto de miedo –comentó Mari Pepa.

—Pero justo cuando decidí rendirme y hacer todo lo que me pidiese, tuvo un descuido. Se dejó las llaves de la casa en el bolsillo de una chaqueta que había colgado en el respaldo de una silla. Aproveché el momento en que decidió darse un baño, mientras la asistenta preparaba la cena en la cocina. Cogí las llaves, metí mis cosas en una maleta y me marché a toda prisa.

—¿Entonces fue cuando te encontramos?

—Sí, entonces fue cuando me encontré con el club de los Pirados. Llevaba dos días por ahí, huyendo.

Mari Pepa había seguido atenta el relato de Víctor. Le daba la sensación de que todas las piezas del puzle habían encajado al fin. El único problema era que a partir de ese momento no se solucionaban las cosas, sino todo lo contrario. Y ella, sin darse cuenta, se encontraba en medio.

—Te has metido en un buen lío, Mari Pepa.

Las palabras de Víctor llegaban a asustarla.

—No se atreverá a hacernos nada –trataba de darse ánimos–. Yo tengo padres y, si no lo han hecho ya, muy pronto empezarán a buscarme. Y si no me encuentran, avisarán a la policía.

—No conoces a Dani Ogro –era una frase que a Víctor parecía gustarle repetir.

—Y tú no conoces a mis padres. Harían cualquier cosa por mí.

Se produjo un prolongado silencio. Víctor había decidido dejar de hablar, pues pensaba que ya había contado todo lo que tenía que contar, y Mari Pepa se estaba poniendo nerviosa, muy nerviosa. El silencio, lejos de calmarla, la alteraba más, por eso su cerebro funcionó con rapidez y enseguida encontró una pregunta que le parecía de gran importancia.

—¿Qué vas a hacer?

—Ya no pienso resistirme más –respondió Víctor, derrotado–. Iré al programa mañana y diré todo lo que él quiera que diga. Ya no me importa nada.

—¿Vas a decir también que tu abuelo Pablo te pegaba?

Víctor sintió la pregunta de la niña como una punzada. La miró de reojo, con cara de pocos amigos, y prefirió no responder.

9 Un plan para la china

Del exterior llegaban muchos ruidos, sobre todo de los coches que circulaban por la calle en ambos sentidos. Pero también oían conversaciones de la gente que pasaba por la acera y otros sonidos que no sabían identificar. Pronto, por una conversación que podía oírse con toda nitidez, descubrieron que Dani Ogro se encontraba fuera con otra persona, y eso los hizo sospechar que había llegado el empleado suyo al que le había ordenado que acudiese hasta allí con un coche.

Mari Pepa y Víctor se levantaron y escucharon atentamente, con la oreja pegada a la pared del quiosco; aunque conseguían oír sus voces, les resultaba difícil entender lo que decían, pues el ruido de los coches a veces tapaba sus palabras.

Hablaban de la motocicleta. Dani Ogro decía que enviaría a alguien para recogerla, pero que de ninguna manera volvería a dejar solo a Víctor, pues no se fiaba de él. No quería que volviera a escaparse la víspera del programa.

Poco después escucharon con claridad el ruido de la cerradura. Se miraron. Sus gestos eran una mezcla de preocupación y angustia. Retrocedieron un poco cuando la puerta se abrió; pero, en el momento en que Dani Ogro los conminó a salir con un enérgico gesto de su brazo, obedecieron sin rechistar.

El presentador había vuelto a ponerse el casco y, como de costumbre, llevaba la visera bajada. Sin duda, prefería que nadie lo reconociese, y no precisamente para evitar el engorro de tener que firmar algún autógrafo, sino para que nadie pudiese descubrir su verdadera personalidad.

Mari Pepa, cuando se vio en la calle, decidió poner fin a la situación, que se estaba convirtiendo en una pesadilla. Ya era demasiado tarde para seguir allí. Su prioridad era volver a casa cuanto antes, porque de lo contrario sus padres iban a comenzar a sentirse algo más que intranquilos.

—Mis padres estarán preocupados –dijo–. Me voy a mi casa.

Echó a andar decidida, pero el acompañante de Dani Ogro, un hombre fornido de gran estatura, la sujetó por un brazo. Sus dedos eran como garras gigantescas. Le apretaba tanto que le hacía daño. Ella trató inútilmente de soltarse.

—¡Al coche! –dijo en ese momento Dani Ogro, y señaló un vehículo aparcado varios metros calle arriba.

Víctor caminó por su propio pie, arrastrando su maleta; no se separaba de ella ni un momento, pues allí estaban todas las cosas que tenía. Mari Pepa fue casi en volandas, arrastrada por la fuerza descomunal de aquel hombretón.

—¿Qué vamos a hacer con la china? –preguntó al presentador.

—Tengo grandes planes: secuestro, mafia china, famoso presentador de televisión que investiga, desaparición... ¡Ja, ja, ja!

—Eres un genio, Dani.

—Nunca pensé que la audiencia de mi programa estuviera en las manos de unos mocosos. Pero ya ves, así es la vida. ¡Ja, ja, ja!

Los introdujeron en la parte trasera del coche y cerraron las puertas después de advertirles que quedarían bloqueadas y que sería inútil intentar abrirlas.

El hombretón se puso al volante y Dani Ogro ocupó el asiento del copiloto.

Era un coche grande y amplio, con el techo muy alto. Parecía una mezcla de monovolumen y todoterreno. Los asientos, de cuero, mullidos y blandos, semejaban más un confortable sofá de tres plazas. Todo en su interior revelaba sofisticación y lujo, con abundantes detalles por todas partes. Los cristales eran muy oscuros, de esos que no permiten ver nada desde el exterior. Al arrancar, unas cortinillas descendieron del techo y los cubrieron por completo. Al mismo tiempo, un cristal de las mismas características que parecía surgir de la nada se elevó entre los asientos delanteros y los traseros. Mari Pepa y Víctor tenían la sensación de encontrarse encerrados dentro de una urna. Estaba claro que Dani Ogro pretendía impedir una posible huida y que no viesen el recorrido que iban a hacer.

Estuvieron aproximadamente cuarenta minutos en el interior del vehículo. Durante todo ese tiempo, en una pantalla de plasma que descendió del techo, se sucedieron películas cortas de dibujos animados. El famoso presentador quería entretenerlos de aquella manera, aunque consiguió el efecto contrario.

—Piensa que somos unos niños pequeños y puede engatusarnos con dibujos animados —comentó Víctor.

—¿Está ocurriendo todo esto? —se preguntó Mari Pepa en voz alta.

Ella seguía sin creerse lo que le estaba sucediendo. Pensaba que jamás había vivido una tarde como aquella, en la que los acontecimientos más sorprendentes se sucedían como la cosa más natural del mundo.

—No lo dudes —le contestó Víctor.

—Parece imposible.

—A mí ya nada me parece imposible.

Solo cuando el coche se detuvo por completo se alzaron las cortinillas que cubrían los cristales y descendió la mampara que separaba unos asientos de otros.

Mari Pepa y Víctor miraron ávidamente al exterior, pero quedaron decepcionados al comprobar que se encontraban dentro de un garaje grande en el que había otros coches aparcados.

—No estamos en su casa —se limitó a decir Víctor.

Dani Ogro y su acompañante descendieron del coche y abrieron las puertas traseras, invitándolos a salir con claros gestos de sus brazos.

Los niños obedecieron sin rechistar.

Por primera vez, Mari Pepa pudo ver con claridad el rostro del presentador, ese rostro que todo el país conocía. Y esta visión la intranquilizó aún más. Su mirada era dura y fría, y la perenne sonrisa de su boca se notaba falsa, fingida, hipócrita.

En ese momento se lamentó de no ser una china en toda regla, una china que supiera todo tipo de artes marciales, como esas heroínas que a veces había visto en las películas y en los videojuegos. De ser así, podría dar un grito muy fuerte que causase pavor en sus enemigos, y luego saltar de manera sorprendente, hacer piruetas en el aire como un pájaro y descargar dos terribles patadas, una en el rostro de Dani Ogro y otra en el de su acompañante. Sin duda, la fuerza del impacto los dejaría fuera de combate. Entonces Víctor y ella podrían escapar.

"No soy china —se dijo—. No sé luchar como lucharía una china."

Salieron del garaje y recorrieron un largo pasillo sin apenas puertas. Al final, había una grande, de aspecto sólido, metálico, de doble hoja. El mismo Dani Ogro la abrió de par en par y de nuevo con un gesto les invitó a entrar.

—¿Dónde estamos? —se atrevió a preguntar Víctor.

—En un lugar seguro, de donde no podréis escapar.

Al franquear la puerta se vieron en un espacio muy grande, con unos techos altísimos, atravesados por rieles de los que colgaban focos de todos los tamaños. En un lateral se distinguía con claridad una plataforma que se elevaba un poco del suelo y, tras ella, un decorado que les resultaba muy familiar. Era el decorado de *El show de Dani Ogro*. Frente a él estaban las gradas donde se sentaba el público que asistía en directo al programa.

—Tengo mi propio estudio de televisión –dijo el presentador con orgullo–. Desde aquí se emite todos los viernes mi programa. Desde aquí se emitirá el de mañana y estoy seguro de que batiremos el récord de audiencia.

Atravesaron el plató y volvieron a internarse por otros pasillos. Solo se oía el ruido tenue de sus pisadas y el de las ruedas de la maleta de Víctor. Aquello parecía un auténtico laberinto. Se sucedían las puertas casi sin interrupción, y en cada una había un cartelito que indicaba algo.

—Mañana estará lleno de gente –dijo de pronto Dani Ogro–. Cada uno en su puesto, atento a su cometido. Todos con una idea fija en su cabeza: que *El show de Dani Ogro* no tenga rival en la televisión.

A continuación, abrió una de aquellas puertas y les señaló unas escaleras descendentes y poco iluminadas. Mari Pepa y Víctor bajaron delante; Dani Ogro y el hombretón, detrás. Un nuevo pasillo los condujo hasta una habitación muy destartalada, con muchos muebles acumulados sin orden ni concierto: mesas de oficina, sillas de varios modelos, estanterías, dos sofás grandes, un televisor... Era completamente interior, sin ventanas, y solo tenía una puerta, además de la de entrada, que como estaba entreabierta dejaba ver un cuarto de baño al otro lado.

—Aquí tendréis de todo –les dijo Dani Ogro–. Podréis dormir en los sofás, que son muy cómodos. Personajes muy famosos se han sentado en ellos. Si os aburrís, podéis ver la tele. ¡Ah! Dentro de un rato os traeremos algo para comer.

Y sin decir nada más, Dani Ogro y su acompañante salieron y cerraron la puerta con llave.

Mari Pepa y Víctor estuvieron explorando durante unos minutos aquel lugar para ver si existía alguna posibilidad de salir de allí. Los dos quedaron desolados al darse cuenta de que solos nunca podrían escapar. El único acceso era la puerta de entrada, que estaba hecha de hierro y debía de tener uno de esos cerrojos imposibles de abrir sin la llave.

Poco después regresó el hombretón y, como les había anunciado Dani Ogro, les llevó una bolsa llena de comida y una botella de agua de las grandes. Aunque Mari Pepa se dirigió a él y le hizo algunas preguntas, no abrió la boca y permaneció obstinadamente callado. Antes de salir les dedicó una mirada que ninguno de los dos supo interpretar.

Cuando volvió a cerrar la puerta por fuera, se produjo un silencio absoluto. Mari Pepa y Víctor permanecían sentados en los sofás, inmóviles. Tenían la sensación de encontrarse en una cámara acorazada, bajo tierra, en una especie de búnker a prueba hasta de bombas atómicas. Si alguna cosa estaba clara en su situación era la imposibilidad de una fuga.

De pronto, Mari Pepa cayó en la cuenta de que, por primera vez a lo largo del día —el día más loco de su vida, desde luego—, estaba viviendo unos instantes de calma; de calma angustiosa, pero de calma. Eso le permitió recapacitar un poco. Su primer pensamiento se dirigió a sus padres, a los que imaginó buscándola por el barrio, gritando su nombre por las calles, preguntando a los vecinos, llamando por teléfono a sus amigos. Quizá ya hubiesen avisado a la policía. Ellos sabían que su hija era una buena chica y no se retrasaba sin motivo.

Pensó que su liberación sería cosa de tiempo. Unas horas, quizá. Unos minutos. Los encontrarían seguro. Estaba convencida de que en cualquier momento la puerta, esa puerta de hierro que parecía infranqueable, saltaría por los aires y aparecerían sus padres acompañados de la policía.

Sintió pena de Víctor, pena de que nadie estuviera buscándolo, de que hubiera sido secuestrado por un hombre malvado y nadie lo hubiera echado en falta. Ella tenía suerte. A ella sí la buscaban, seguro que mucha gente estaba ya haciéndolo. Seguro que su madre había comenzado a llorar y su padre, mordiéndose las uñas —se mordía las uñas cuando estaba preocupado– trataba de consolarla. Por un lado, no le agradaba imaginarse a sus padres así, sufriendo por ella. Pero por otro lado, le gustaba saber que otras personas se preocupaban y que lo hacían, sencillamente, porque la querían mucho.

10 Dos nombres para un club

Víctor se levantó del sofá y cogió la bolsa de comida que poco antes les había dejado el hombretón. La abrió y rebuscó en su interior, pero enseguida su gesto se llenó de decepción.

—No se han molestado mucho —dijo, al tiempo que extraía de la bolsa dos bocadillos envueltos con papel de aluminio—. ¿Cuál prefieres?

—No tengo hambre —respondió Mari Pepa.

Víctor le lanzó por los aires uno de los bocadillos. Mari Pepa reaccionó a tiempo y lo agarró al vuelo.

—No te servirá de nada dejar de comer —le dijo Víctor.

—No tengo hambre —repitió ella.

Con aparente indiferencia, Víctor desenvolvió su bocadillo, abrió las rebanadas de pan para ver qué había en el interior y comenzó a comérselo. Daba unos mordiscos enormes, que le dejaban la boca completamente llena durante unos segundos. Tenía que masticar con dificultad hasta que conseguía tragar.

Mari Pepa lo observaba, aunque su mente no dejaba de saltar de un sitio a otro. Pensaba en unas palabras inquietantes que había pronunciado Dani Ogro referidas a ella.

—¿Qué crees que tiene preparado para mí? –le preguntó.

—No sé –respondió Víctor con la boca llena y encogiéndose de hombros.

—Habló de un secuestro, de la mafia china, de desaparición... –a Mari Pepa sus propias palabras la llenaban de temor.

—Su mente no deja de pensar cosas, y ninguna buena.

—Pero yo no le he hecho nada malo.

—Ni yo tampoco.

—Pues tendrá que soltarnos, la policía ya debe de estar buscándonos.

—Quizá te busquen a ti. A mí, seguro que no me busca nadie.

Y Víctor le dio al bocadillo otro mordisco fenomenal.

Entonces Mari Pepa comenzó a pensar en Juanan. La verdad es que no podía decir que supiera mucho de él, pues acababa de conocerlo gracias al cartel que había colocado en el tablón de anuncios del colegio. Pero él podría ayudar a encontrarlos, porque sabía que Víctor huía de Dani Ogro. Lo malo era que posiblemente no se daría cuenta de nada hasta las cinco de la tarde del día siguiente, cuando volviera a la plaza del Árbol Solitario, su lugar de encuentro. Solo entonces, cuando comprobase que ella no acudía a la cita, podría imaginar que algo raro había sucedido; y, luego, cuando se trasladase al quiosco de periódicos abandonado y se diese cuenta de que tampoco estaba Víctor, comenzaría a preocuparse seriamente.

Prefería pensar que, como le había ocurrido a ella, Juanan quizá hubiese decidido pasarse por el quiosco para llevar alguna cosa a Víctor. De ser así, descubriría que algo raro estaba ocurriendo. Pero... ¿qué haría Juanan entonces? ¿A quién se lo diría? No tenía ni su dirección ni su número de teléfono. Acababan de conocerse.

Mari Pepa descubría un montón de dificultades y sus ánimos flaqueaban. ¿Por qué de repente las cosas se habían complicado tanto para ella? No podía entenderlo. No podía comprender cómo era posible que su vida hubiera cambiado en unas horas y todo lo que era normal y corriente hubiera dejado de serlo, y que por el contrario las cosas más absurdas y disparatadas se convirtiesen en lo habitual.

Le daban ganas de echarse a llorar y no parar hasta que alguien la sacase de allí y la devolviese a su vida cotidiana. Pero ya ni siquiera podía llorar. Por un lado, no quería que Víctor pensase de ella que era una china llorona. Por otro lado, tenía tanto miedo que ni siquiera las lágrimas acudían a sus ojos, como si ellas también estuvieran asustadas y prefirieran quedarse bien escondidas en los lagrimales.

Entonces, sin saber por qué, desenvolvió el bocadillo que le había dado Víctor, abrió la boca cuanto pudo y le dio un mordisco gigante. Era tan grande que hasta le costó trabajo desprender el trozo. Se sintió la boca tan llena que estuvo tentada de meterse los dedos y sacarlo, pero comenzó a masticar a duras penas.

—Te vas a ahogar —le dijo Víctor.

Poco a poco fue triturando la comida y al fin consiguió tragar algo.

—Estaba pensando que quizá Juanan haya ido al quiosco.

—No lo creo.

—Lo mismo que se me ocurrió a mí llevarte comida y una manta, se le pudo ocurrir también a él.

—¿Y qué?

—Pues que se dará cuenta de que no estás y podrá dar la voz de alarma. Dirá que fue Dani Ogro quien te secuestró.

—Pero él no vio nunca a Dani Ogro.

—Lo vimos los dos.

—Visteis a un motorista con el casco puesto y la visera bajada.

—Pero ese motorista era...

—Solo tú y yo sabemos de verdad quién era —la cortó Víctor—. Será la palabra de unos niños pirados contra la de un famoso presentador de televisión. ¿A quién crees que va a hacer más caso la gente?

—Pero si se descubre que yo también he desaparecido...

—Recuerda lo que ha dicho Dani Ogro. Él ya ha pensado en algo para ti.

A Mari Pepa le aterraba aún más la sangre fría que mostraba Víctor, y también su desánimo. Daba la sensación de que ya se había rendido y no iba a ofrecer resistencia. Parecía que no estaba dispuesto a luchar y había asumido su derrota.

Pensó que no debía dejarse contagiar por su desmoralización. Ella tenía que seguir luchando, rebelarse contra aquella situación que ni siquiera había buscado, resistir, pensar que no era posible que una cosa semejante pudiera ocurrir en la realidad.

Con rabia, le dio otro mordisco gigante al bocadillo.

Encendieron el televisor, por ver si las noticias decían algo de su secuestro. Pero, aunque vieron dos telediarios enteros, en ninguno de ellos se hacía referencia a su desaparición. Eso sí, en una cadena pudieron ver un anuncio del programa de Dani Ogro del día siguiente. El rostro sonriente del presentador llenaba la pantalla mientras una voz en *off* iba desgranando el contenido del mismo. Entre los asuntos que iba a tratar había uno que parecía de mayor importancia, sobre todo por la reiteración con la que se insistía: *La tragedia de* Uve, *un niño sin nadie en el mundo.*

—Hablan de ti —le dijo Mari Pepa.

—Ya lo sé.

Finalmente, y como en los distintos canales comenzaron programas que no les interesaban, decidieron quitar el sonido al televisor. La imagen bastaría para alertarlos si en algún momento se producía la esperada noticia de su secuestro.

Víctor acercó la maleta al sofá donde se había sentado y la abrió. Descorrió la cremallera interior de la tapa y rebuscó hasta que sacó el CD que le había regalado su abuelo Pablo antes de morir.

Observó una vez más la carátula, ocupada en su mayor parte por un abigarrado grupo de gente presidido por los componentes del grupo, vestidos con extraños y multicolores uniformes, y un gran tambor colocado verticalmente en el que podía leerse el título.

Sgt. Pepper's Lonely Hearts Club Band.

Debajo, la palabra *BEATLES* estaba formada por flores rojas.

—Mi abuelo Pablo me explicó que todas las personas que aparecen en esta foto son famosas, pero yo no conozco a ninguna.

Mari Pepa se sentó al lado de Víctor y miró con curiosidad la carátula.

—Yo tampoco las conozco —comentó.

—Son famosas, pero antiguas —puntualizó Víctor—. Dentro vienen sus nombres, pero los nombres tampoco me suenan.

—Es bonito —dijo de pronto Mari Pepa.

—¿Lo has escuchado?

—No.

—¿Cómo puedes saberlo entonces?

—Me refería al título. Creo que si algún día nosotros formásemos un club de verdad, podríamos llamarnos así: el club de los Corazones Solitarios.

—Solo yo podría formar parte del club de los Corazones Solitarios.

Mari Pepa se quedó pensando seriamente en las últimas palabras de Víctor. En el fondo, tenía razón. Él era el único solitario. ¡Y de qué manera! Él tenía todo el derecho del mundo para entrar en ese club. Ella no lo envidió, sino al contrario. Sintió alivio cuando recordó que no estaba sola en el mundo, que había muchas personas a su alrededor que se preocupaban por su suerte y que, sobre todo, la querían mucho. Ella también quería mucho a esas personas, y pensó que era una suerte querer y ser querida. Eso era lo más importante.

Entonces observó detenidamente a Víctor, que no apartaba la mirada de la carátula del disco, como si quisiera aferrarse al recuerdo de su abuelo Pablo, la última persona que lo había querido.

Se sorprendió a sí misma cuando pronunció unas palabras:

—Yo te quiero, Víctor.

—¿Qué dices? –sorprendido, levantó la mirada del disco.

—Es verdad –insistió ella–. ¿Por qué crees que volví al quiosco con comida y con una manta?

—Lo que ocurre es que sientes pena de mí –le replicó, frunciendo el ceño en señal de incredulidad.

—¡No!

—Ya me ha pasado antes. No quiero que nadie sienta pena de mí.

—Pues si vas al programa de Dani Ogro, todo el mundo sentirá pena de ti. Eso es lo que él quiere.

—Es diferente. Allí iré a la fuerza.

—Niégate a salir en ese programa.

—Ya lo hice y no sirvió de nada. Solo quiero que pase mañana y que me deje en paz.

—No te dejará en paz.

—Me lo ha prometido.

—¿Vas a creer ahora en sus promesas? Si sube la audiencia, como espera, volverá a sacarte la semana próxima, y la otra, y la otra... Te triturará como si fueras carne picada y te comerá como una hamburguesa.

Víctor volvió a concentrar la mirada en la carátula del disco y con el dedo índice fue recorriendo una a una todas las figuras que allí estaban representadas.

—No puedes quererme —dijo en voz baja—. Acabas de conocerme.

—¿Y eso qué importa?

—Sí que importa.

—Y creo que también te quiere Juanan. Por eso fue a buscar la llave del quiosco abandonado.

—Estáis pirados —Víctor negó con la cabeza.

Ella no dejaba de observarlo ni un momento, como si su mirada fuera atraída por un poderoso imán. Pensó en sus propias palabras, las que había pronunciado un momento antes, y se dio cuenta de que las había dicho sinceramente, de que incluso habían brotado de su boca de manera espontánea. No sabía por qué, pero lo cierto era que de repente sentía cariño por Víctor, un cariño sincero, como si lo conociese de toda la vida.

—Puedes reírte, pero cuando salgamos de aquí me gustaría que formásemos un club de verdad, como el del sargento Pepper –le dijo.

—¿Quiénes? –preguntó Víctor.

—Juanan, tú y yo. Luego, podrían apuntarse otros. Y me gustaría que nos llamásemos el club de los Corazones Solitarios.

—Ese nombre pertenece al sargento Pepper.

—No creo que le importe que lo usemos.

—Mejor nos llamaremos el club de los Pirados.

A Mari Pepa le gustaron mucho las últimas palabras de Víctor, pues en ellas daba por hecho que él también pertenecería al club, es decir, que seguiría siendo amigo suyo.

—¡El club de los Corazones Solitarios!

—¡El club de los Pirados!

—Si no nos ponemos de acuerdo, tendremos que hacer una votación.

—Convenceré a Juanan para que vote por el club de los Pirados.

—No te será fácil, porque yo trataré de convencerlo de lo contrario.

Mari Pepa se dio cuenta de que, durante unos minutos, se había olvidado de la situación angustiosa que estaba viviendo. Y el hecho le sorprendió mucho.

El tiempo transcurría muy lentamente. Mari Pepa no hacía más que mirar su reloj y se desesperaba al comprobar que siempre había pasado menos tiempo del que creía. Estaba deseando que llegase el viernes, porque intuía que el viernes, de una forma o de otra, tendría que acabar aquella pesadilla.

Aunque había dos amplios sofás, los dos se tumbaron en el mismo. Apagaron la luz, pero dejaron el televisor encendido, sin sonido. Eso hacía que la habitación se poblase de sombras que parecían moverse de un lado a otro, entre los muebles amontonados.

—¿Sientes miedo? –le preguntó Mari Pepa a Víctor.

—No siento nada.

—Pues yo estoy muerta de miedo. ¿Puedo acercarme más a ti?

—Sí.

Mari Pepa se acurrucó al lado de Víctor.

—Creo que no podré dormir en toda la noche.

—Eso lo he pensado yo muchas veces, pero al final siempre me quedo dormido. El sueño puede con todo.

Estaba convencida de que el sueño no podría con ella. Tendrían que darle un somnífero para dormirse, y ni siquiera así estaba segura. ¿Cómo iba a dormirse si no estaba en su cama ni en su casa? ¿Cómo iba a poder relajarse lo suficiente si había sido secuestrada por un malvado y famoso presentador de televisión que aseguraba tener planes para ella? ¿Cómo iba a llegarle el sueño en aquella postura tan incómoda, sobre un sofá, al lado de un chico?

Se dio cuenta de que Víctor había cerrado los ojos y de que su respiración se había vuelto más profunda: eso le hizo pensar que ya estaba dormido.

—¿Tú crees que a tu abuelo Pablo le hubiese gustado que sigas el juego a Dani Ogro? —le preguntó con una voz muy débil.

—No —respondió Víctor sin abrir los ojos.

—Pues entonces no lo hagas. Niégate.

—Dani Ogro me ha amenazado. Si me niego, cumplirá todas sus amenazas. Además, ya no me importa nada lo que la gente piense de mí.

Y Víctor se dio la vuelta, dando a entender que no quería seguir hablando y que prefería dormir.

"No podré dormir, no podré dormir, no podré dormir...", repetía Mari Pepa una y otra vez.

Lejos de donde Mari Pepa y Víctor habían sido encerrados, en su habitación, dando vueltas y más vueltas sobre la cama, Juanan tampoco podía dormir. La preocupación inicial ya se había convertido en angustia. Él también había regresado al quiosco con comida y una manta para Víctor, pero cuando llegó se lo encontró vacío y con la puerta abierta. Buscó por los alrededores y finalmente recorrió el barrio entero, incluso zonas por las que nunca había estado con anterioridad. Se atrevió incluso a preguntar a algunas personas si habían visto a un chico de su edad con una maleta.

Mil ideas pasaban por su mente, y ninguna buena. La que más peso cobraba era la de que Dani Ogro había descubierto el escondite de Víctor y se lo había llevado a la fuerza.

Mientras regresaba a su casa, desalentado, pensaba que tendría que decírselo a Mari Pepa. Quizá entre los dos se les ocurriese algo. Pero, ¿cómo localizar a Mari Pepa? Se habían conocido esa misma tarde y ni siquiera sabía dónde vivía. Se preguntaba si podría esperar hasta las cinco del día siguiente, hora de la nueva cita, para hacer algo.

Cuando llegó a su casa, decidió contarles todo a sus padres, pero estos no le creyeron ni una sola palabra. Él era de por sí un niño fantasioso, al que le gustaba inventarse muchas historias; y no solo inventarlas, sino incluso dibujarlas en forma de cómic. Por eso, sus padres se limitaron a dedicarle una sonrisa y a decirle que le quedaría un cómic estupendo cuando lo dibujase. Comprendió de inmediato que insistir no le serviría de nada.

No conseguía apartar a Víctor de su pensamiento ni un solo instante, y con esa inquietud se fue a la cama. Pero su mente no se serenó, sino todo lo contrario, y mil ideas le rondaban sin cesar.

Fue entonces cuando se decidió a hacer algo. Y lo que se le ocurrió le pareció muy arriesgado. No solo porque debía salir de su casa sin que sus padres se dieran cuenta, sino también porque no las tenía todas consigo sobre el resultado que pudiera conseguir.

La comisaría de policía estaba relativamente cerca de su casa, a solo unos cinco minutos de camino. Eso le animó. Cuando sus padres se acostaron se levantó sigilosamente, se vistió y, caminando de puntillas, se dirigió hasta la puerta. La abrió muy despacio y salió. El corazón le latía tan fuerte que pensó que sería descubierto por esos aldabonazos que parecían estallar dentro de su pecho.

Una vez en la calle, echó a correr y no se detuvo hasta llegar a la comisaría. Sofocado, se detuvo en la entrada, donde un policía le cerró el paso y le preguntó que adónde iba. Estaba tan sofocado que ni siquiera podía articular las palabras.

Y de pronto, sudoroso como estaba, descubrió algo que lo dejó boquiabierto. A solo unos metros, en el vestíbulo, un hombre y una mujer explicaban a unos policías que su hija de diez años había desaparecido. La describían angustiados con todo detalle, y repetían una y otra vez su nombre.

Juanan no lo dudó ni un instante. Ese hombre y esa mujer estaban hablando de la Mari Pepa que él había conocido esa misma tarde en la plaza del Árbol Solitario. Solo podía tratarse de sus padres.

—¡Yo sé lo que ha pasado! ¡Yo sé lo que ha pasado! –gritó con todas sus fuerzas, mientras sorteaba al policía que le había dado el alto.

11 Noticias de la tele

Al despertarse, lo primero que sorprendió a Mari Pepa fue el propio hecho de haberse quedado dormida. ¿Cómo era posible haber conciliado el sueño en aquellas circunstancias tan terribles? Al final, Víctor tenía razón y el sueño se había salido con la suya.

La habitación seguía tal y como la habían dejado, con la luz apagada y el televisor conectado. Estaban dando noticias. Le resultaba conocido aquel informativo matinal, pues era el que sus padres solían ver en el televisor de la cocina mientras desayunaban. Eso quería decir que había pasado toda la noche y que, por consiguiente, ya era viernes.

Intentó incorporarse, pero se dio cuenta de que Víctor, que seguía dormido, estaba abrazado a ella. Iba a quitárselo de encima de un empujón, pero se detuvo al contemplar su cara muy cerca de la suya: su pelo enmarañado, su boca entreabierta, sus ojos cerrados... Parecía estar durmiendo placenteramente, sin ningún problema.

Entonces, Mari Pepa, muy despacio, acercó sus labios a su mejilla y le dio un beso con suavidad.

—Que conste que no te doy un beso porque sienta pena de ti –susurró muy bajito.

Luego se zafó de su abrazo con muchas dificultades y consiguió sentarse en el sofá. Con el mando conectó el sonido del televisor y se quedó mirándolo atentamente, pues estaba convencida de que de un momento a otro comenzarían a hablar de ella y de su misteriosa desaparición.

Pero aquel telediario, como de costumbre, no hablaba más que de conflictos por todo el mundo, y entre tanto conflicto parecían haberse olvidado del suyo, que no era pequeño.

Entonces volvieron a entrarle ganas de llorar, muchas ganas de llorar. Intentó contenerse. Pensó que si lloraba, sus ojos se volverían aún más pequeños, como dos trazos en su rostro, y casi ni se verían. Trató de pensar en otras cosas que ahogasen su pena, pero nada podía mitigar su angustia. Al final, rompió a llorar desconsoladamente.

—No llores —Víctor ya se había incorporado también y le puso una mano en el hombro, tratando de darle ánimos.

—No quiero hacerlo, me da mucha rabia llorar, pero...

—Llorar no sirve de nada.

Siempre le sorprendía la manera de hablar de Víctor. Sus palabras no parecían de un niño, aunque tampoco de un adulto. Recordó lo mal que le había tratado la vida y lo justificó. Estaba resentido con la propia vida, por eso hablaba de esa forma, aparentando indiferencia y dureza.

Terminaron las noticias y no dijeron ni una palabra de su desaparición. Buscó otros informativos en diferentes cadenas, pero no obtuvo resultado. A Mari Pepa le asombraba que no la estuviera buscando todo el país.

Poco después se abrió la puerta y entró el hombretón que, en compañía de Dani Ogro, los había encerrado allí la tarde anterior. Llevaba una bolsa de plástico grande y, sin saludarlos, la vació sobre una mesa. Había una botella de leche, una caja de bollos, una tarrina de mantequilla y otra de mermelada; también dos tazones de plástico, con publicidad estampada, y unas cucharillas.

—Prefiero chocolate con churros —susurró Mari Pepa.

El hombre arrugó la bolsa y la tiró hacia un rincón. Luego, sin mediar palabra, se dispuso a marcharse.

—¿Cuándo van a dejarme salir de aquí? —le preguntó Mari Pepa.

—Yo no decido nada —respondió el hombretón.

—¿Qué ha pensado hacer conmigo Dani Ogro? —insistió la niña.

—Él mismo te lo dirá.

—¿Por qué no ha venido él?

—Está muy ocupado con los periodistas. Se ha organizado un buen revuelo. Creo que esta noche batirá el récord de audiencia.

—El revuelo... ¿tiene que ver conmigo?

—Sí, claro.

El hombretón, sin decir más, salió de la habitación. A Mari Pepa le habría gustado que le hablase más, que le contase los motivos exactos de aquel revuelo. Pero, no obstante, sus palabras la tranquilizaron un poco. Si se había organizado un revuelo por ella, tenía que ser porque ya se conocía su desaparición y la estarían buscando.

Víctor se levantó de inmediato y abrió la caja de bollos, sacó uno y lo mordió. Mientras masticaba, abrió también la botella de leche y llenó los dos tazones. A Mari Pepa le admiró su apetito: siempre estaba dispuesto a comer, nada parecía saciar su hambre.

—Están buenos estos bollos —comentó con la boca llena.

Mari Pepa se dirigió hacia la mesa con intención de probarlos, aunque dudaba que pudiera comer algo. El nudo de su estómago cada vez era más grande y ya se ramificaba por todo su cuerpo, lo que le creaba una gran desazón.

En ese momento sintió ganas de hacer pis y se dirigió al cuarto de baño. Se sentó en la taza del váter y la notó muy fría. Enfrente había un espejo enorme que cubría gran parte de la pared. En él podía ver su reflejo perfectamente. Le hizo gracia verse orinando.

"La china meona", pensó.

Luego observó su rostro. Era el mismo rostro que todas las mañanas veía en su casa, cuando se lavaba la cara después de levantarse y se contemplaba durante unos segundos en el espejo. Era el rostro de siempre, pero con una expresión distinta, con una preocupación nueva, con un miedo desconocido...

—¿Cómo es posible que te llames Mari Pepa García Pérez y tengas esa cara de china? —se dijo en voz alta—. ¿Cómo es posible que pasen estas cosas?

Se levantó y tiró de la cadena. Luego, abrió el grifo del lavabo y se lavó la cara. Lanzaba a su rostro grandes cantidades de agua, como si el líquido pudiese aclarar todas sus dudas e inquietudes.

Solo pudo desayunar medio bollo y medio tazón de leche. Su estómago era incapaz de admitir más, a pesar de que Víctor no dejaba de animarla. Por el contrario, él se comió su parte y la que ella no quiso.

A continuación, los dos se sentaron en uno de los sofás, sin saber qué hacer. El tiempo parecía haberse detenido.

—¿Por qué me diste un beso mientras dormía? —preguntó de pronto Víctor.

A ella le sorprendió la pregunta tan directa y se sintió ruborizada. No le gustaba ruborizarse, pues sabía que cuando una persona se ruboriza, la piel se le enrojece. Siempre que experimentaba esa sensación se imaginaba que su piel se volvía como la bandera: roja y amarilla. ¡Lo que le faltaba!

—No lo sé —respondió.

Entonces pensó que si Víctor se había dado cuenta del beso era porque no estaba dormido. Solo se había hecho el dormido para seguir abrazado a ella. Era un aprovechado.

—Y tú ¿por qué te abrazabas a mí? –le preguntó.

—No lo sé –él imitó su respuesta.

Pasaron toda la mañana así, sentados en el sofá, sin apenas moverse. De vez en cuando cruzaban unas palabras y luego se producía un larguísimo silencio, un silencio tenso y lleno de preocupación. A ella de vez en cuando se le caía una lágrima: al principio la secaba de inmediato con la manga de su camisa; después, ni siquiera se molestaba.

—No me gusta llorar –se justificaba–. Pero no puedo evitarlo.

—Llorar no sirve de nada.

—Yo no estoy segura.

Cuando los encerraron en aquella habitación tenían la sensación de que no se oía ningún ruido. Pero con el paso de las horas habían descubierto que sí se escuchaban algunas cosas, sonidos insignificantes en los que no habrían reparado en otras circunstancias: algún crujido, un lejano rumor de cañerías, un zumbido intermitente...

—¿Tú nunca has llorado?

Víctor volvió la cabeza e ignoró la pregunta, por eso ella la repitió:

—¿Nunca has llorado?

Él seguía obstinado, sin responder. Y esa actitud le bastó a ella para comprender que Víctor también había llorado, y mucho.

A mediodía, al fin, volvió a abrirse la puerta. La tensión acumulada los hizo saltar literalmente del sofá. Intuían que, para bien o para mal, algo iba a pasar. Y en el fondo estaban deseando que ocurriera, que los acontecimientos se precipitasen. Era mejor que vivir con aquella incertidumbre.

El hombretón se apartó para dejar pasar a Dani Ogro. El presentador estaba muy sonriente. Parecía sentirse contento y feliz. Los miró de arriba abajo y se acercó a ellos.

—Las cosas van mucho mejor de lo que yo mismo había imaginado –les dijo, sin poder contener un torrente de risas que lo mantenían todo el tiempo con la boca abierta, mostrando una hilera demasiado perfecta de dientes–. ¡Voy a pulverizar todos los récords de audiencia!

—¿Y va a dejarme marchar? –le preguntó enseguida Mari Pepa, que no podía apartar la mirada de su dentadura e imaginaba que, de un momento a otro, haciendo honor a su apellido, aquel presentador se abalanzaría sobre ellos y les haría picadillo con aquella máquina perfecta de masticar.

—¿"Marchar"? –agudizó su risa el presentador–. ¡Oh, no!

—Mis padres estarán buscándome y...

—¡Sí! Ya lo creo que están buscándote. Están removiendo la ciudad entera. Y no solo ellos, también vuestro amiguito lo está haciendo. ¡Ja, ja, ja! ¡Va diciendo por ahí que he sido yo el responsable de vuestra desaparición! ¡Ja, ja, ja! Cada vez que lo repita ganaremos más telespectadores esta noche.

Aunque Mari Pepa seguía sin comprender lo que pretendía el presentador, se sintió más tranquila al averiguar que sus padres ya estaban movilizándose. También le agradó saber que su *amiguito*, como decía Dani Ogro, estaba diciendo lo que sabía. Hacía muy poco tiempo que había conocido a Juanan, pero sin duda ya podía considerarlo un buen amigo. Cuando acabase aquella pesadilla, tenían que seguir viéndose. No era mala idea formar un club, lo malo sería ponerle nombre. ¿Los Corazones Solitarios? ¿Los Pirados? La votación dependería de Juanan. ¿Podría convencerlo ella o lo haría Víctor?

Dani Ogro miró su reloj de pulsera y cogió el mando del televisor. Seleccionó un canal.

—Vosotros mismos vais a ver lo que está ocurriendo –dijo.

Eran las dos de la tarde y en ese preciso momento comenzaba un informativo. Una música estridente lo anunciaba a bombo y platillo, mientras multitud de imágenes impactantes se sucedían a velocidad de vértigo. Luego, el rostro de una presentadora llenó la pantalla del televisor. Después del saludo preceptivo, hizo lo que ella misma llamó "un repaso a la actualidad". Noticias del mundo: guerras, catástrofes, emigración, elecciones, manifestaciones, deportes...

Y de pronto, la locutora anunció una noticia de última hora que se había producido en el país:

—La niña Mari Pepa García Pérez ha desaparecido. Salió ayer por la tarde de su domicilio y no ha regresado. Sus padres la buscan desesperadamente y la policía ha iniciado una investigación. Un niño que estuvo con ella poco antes de su desaparición asegura que podría encontrarse secuestrada por Dani Ogro, nuestro famoso y querido compañero.

Mari Pepa seguía la información con la boca abierta. Había aparecido en el ángulo superior derecho una foto suya. Luego se habían intercalado unas imágenes de sus padres con el rostro desencajado mostrando a la cámara la misma fotografía. A continuación, apareció Juanan junto a un reportero que le hacía preguntas. Un círculo negro le ocultaba el rostro.

—¿Tú viste en persona a Dani Ogro?

—Sí.

—Pero ¿le viste el rostro?

—Bueno, llevaba un casco de motorista y...

—Eso significa que no pudiste verle la cara.

—La cara no, pero Víctor nos explicó que...

Entonces el reportero apartó bruscamente el micrófono del niño y se volvió a la cámara. Hablaba mirándola fijamente:

—Víctor es Uve, un invitado muy especial del programa de esta noche de Dani Ogro. Como habrán podido observar, el relato de este niño es disparatado y está lleno de contradicciones. Pretende inculpar a Dani Ogro, pero reconoce que ni siquiera le vio la cara. Y según nuestras informaciones, Uve se encuentra en perfecto estado en compañía de nuestro querido compañero, a la espera de su intervención en directo *en el programa. Sin duda, el revuelo mediático ha hecho ver a este niño cosas irreales. Así es el poder de la televisión. Informó en directo para todos ustedes (...)*

Mari Pepa no podía dar crédito a lo que veía. Juanan estaba diciendo la verdad y sin embargo no le creían. Pero ni siquiera tuvo tiempo de pensarlo, pues al instante otro reportero apareció junto al mismísimo Dani Ogro, micrófono en ristre.

—*¿Qué puedes decirnos de lo que está sucediendo, Dani?*

El zum de la cámara acercó el rostro del locutor, hasta conseguir un primer plano.

La niña observó la imagen del famoso presentador en la pantalla del televisor y luego le miró a él mismo, que parecía estar disfrutando de lo lindo de aquella situación, pues no dejaba de reír. Un batallón uniformado de dientes llenó la habitación.

—*Como todo el mundo podrá imaginar, no tengo nada que ver con la desaparición de Mari Pepa. Pero yo, que siempre he sido tan sensible a los problemas de los niños, me he sentido vivamente impresionado por el suceso, hasta el punto de que he puesto en marcha todos los medios a mi alcance para encontrarla cuanto antes. Puedo avanzar que he hecho importantes averiguaciones, que esta noche desvelaré en mi programa.*

—*¿Y no puedes adelantarnos algo?*

—*Solo diré que, como muchos saben ya, esa niña es de origen chino y es muy probable que una mafia china muy peligrosa esté detrás de...*

—¿Quieres decir que...?

—Estoy sobre la pista. Ya saben todos los telespectadores que siempre me he caracterizado por ejercer un periodismo serio, riguroso, comprometido, de investigación. Te repito que espero poder dar más datos en mi programa, esta misma noche.

—¿Y por qué crees que ese niño que dice haber estado con ellos te acusa a ti?

—Nunca he hecho caso de esas reacciones, y menos viniendo de un niño. Se trata solo de la servidumbre de la popularidad y la fama.

Cuando terminó la información, Dani Ogro se agachó ligeramente junto a Mari Pepa y la miró con fijeza. A la niña aquella mirada le pareció una ráfaga de ametralladora. Una sensación de terror que nunca antes había sentido se apoderó de ella.

—¿Vas comprendiendo, pequeña? –le preguntó.

Mari Pepa afirmó con un movimiento de su cabeza.

—Chica lista.

—Pero... ¿algún día me dejará volver con mis padres? –Mari Pepa sintió un estremecimiento al hacer esta pregunta.

—Tu caso será largo, muy largo –la sonrisa de Dani Ogro helaba la sangre–. Lo seguirán millones de personas. Voy a escribir una buena historia para ti. Te haré muy famosa. Quizá hasta escriba un libro, y es posible que del libro se haga una película.

—¿Y volveré algún día con mis padres? –insistió ella, angustiada.

—Eso no será posible, vete haciendo a la idea. Pero no será muy duro para ti, piensa que ellos no son tus verdaderos padres.

—¡Ellos son mis padres y yo soy su hija! –gritó Mari Pepa llena de indignación–. ¡Ellos me quieren más que a nada en el mundo y yo los quiero más que a nada en el mundo!

—Ya encontraré una salida para ti –Dani Ogro volvió a incorporarse–. Quizá regreses a tu país.

—¡Este es mi país! –las palabras de Mari Pepa no dejaban ningún resquicio a la duda y mostraban a las claras su rabia–. ¡Este es mi país!

Dani Ogro hizo un gesto a su acompañante, quien se dirigió de inmediato hacia Víctor, lo agarró por un brazo y se lo llevó hacia la puerta. El muchacho había tenido tiempo para coger su maleta por el asa y llevarla consigo.

—Tendréis que despediros ahora –dijo el presentador, fingiendo cara de pena–. Víctor tiene que venir conmigo para preparar todos los detalles del programa de esta noche. Aunque el programa es en directo, no me gusta improvisar nada.

Ella volvió su cabeza hacia el muchacho y sus miradas se encontraron. La conmovió una vez más ese rostro aparentemente inexpresivo que revelaba un gran sufrimiento interior. No pudo evitar un impulso y se acercó hasta él.

—¿Vas a hacerlo? –le preguntó.

—Todo me da igual —respondió él con indiferencia.

—¿No vas a pensar en tu abuelo?

—Mi abuelo está muerto.

Dani Ogro, que seguía el diálogo, terció en el mismo. Pasó la mano por la cabeza de Víctor, revolviéndole a propósito el pelo, intentando fingir un gesto cariñoso, y le dijo:

—Vas a ganar mucho dinero conmigo.

Mari Pepa se encogió de hombros, como dando a entender que, aunque no la compartía, aceptaba la postura de Víctor. De nuevo sintió ganas de llorar, muchas ganas de llorar.

—Habría sido bonito —dijo tragando saliva.

—¿El qué? –preguntó Víctor.

—El club de los Pirados.

—Me gusta más "los Corazones Solitarios".

—Pensé que nunca cambiabas de opinión –a Mari Pepa la sorprendieron las palabras de Víctor.

—Que me guste no significa que haya cambiado de opinión.

Víctor intentó sonreír, aunque su intento solo se quedó en eso. No obstante, Mari Pepa percibió su gesto y trató de agradecérselo con la mirada. En ese momento volvió a lamentarse de tener unos ojos pequeños y rasgados. Él dio unos pasos titubeantes hacia ella y la besó en ambas mejillas.

—No sé si volveremos a vernos –le dijo en voz baja.

Y aquellas palabras produjeron un nuevo estremecimiento en Mari Pepa, que tuvo que hacer un esfuerzo muy grande para controlar sus lágrimas. No podía entender la resignación de Víctor. Quizá lo paralizaba el miedo que sentía de Dani Ogro, o quizá todos los acontecimientos desgraciados que habían marcado su existencia le volvían indiferente.

El hombretón tiró de él y lo sacó de la habitación. Víctor no se separaba de su maleta; en ella estaba cuanto tenía en este mundo, y entre esas cosas insignificantes se encontraba el objeto más valioso de todos, aquel CD que le había comprado su abuelo con el encargo de que lo escuchase de vez en cuando a lo largo de su vida. *La banda del Club de los Corazones Solitarios del sargento Peppers.*

Detrás salió Dani Ogro, que se encargó de cerrar la puerta con llave.

12 Una visita imprevista

Juanan se encontraba en una tensión permanente. No había dormido casi nada en toda la noche; pero, por culpa de su nerviosismo, no tenía ni pizca de sueño. Sus padres, que siempre le habían reprochado que estuviera más tiempo en las nubes que sobre la tierra, llegaron a creer que el problema se había agravado y empezaba a vivir sus fantasías como si de la realidad se tratase. Y pensaban que ese mal no tendría mayor importancia si solo quedase dentro de su casa, en su habitación, plasmado en los dibujos que tanto le gustaba hacer. Pero escaparse por la noche y contar a la policía la historia más descabellada del mundo era pasarse de la raya.

Él, por otro lado, no podía entender por qué los adultos se pasaban la vida repitiendo a los niños que debían confiar en ellos y contarles todo y, sin embargo, cuando lo hacían, los tomaban por locos.

Se dio cuenta de que solo un pequeño detalle había impedido que su relato fuese creído por sus padres la noche anterior. Les había hablado de la desaparición de Víctor, pero no se le había ocurrido hablarles también de Mari Pepa. Solo con que la hubiese nombrado todo sería diferente, pues habría quedado claro que la conocía antes de que su desaparición se hiciera pública. Pero ahora sus esfuerzos resultaban infructuosos.

—Ves demasiado la televisión —le decía su padre—; y, además, programas que no son para niños, como *El show de Dani Ogro*.

—Lo único que has conseguido con esta escapada nocturna ha sido faltar a clase, y eso no está bien —añadía la madre.

Juanan conocía de sobra a sus padres y sabía que no iba a poder hacerles cambiar de opinión, pues ellos estaban convencidos de que era el abuso de televisión lo que le hacía inventarse todas esas cosas. Luego, recapacitó un momento y se dio cuenta de que la historia que les había contado, que era la pura realidad, resultaba difícil de creer.

"Esas cosas no suelen ocurrir", se dijo. Y llegó a la conclusión de que a él mismo le parecería muy difícil de creer si alguien se lo contase.

Pero como estaba completamente convencido de lo que decía, porque lo sucedido la tarde anterior no era un sueño ni una invención, pensó que lo último que podía hacer era cruzarse de brazos. Algo dentro de él le decía que Víctor y Mari Pepa estaban en peligro. Tenía que ayudarlos como fuera, y ni sus padres iban a impedírselo.

En ese momento le hubiese gustado convertirse en uno de los superhéroes de los cómics que tanto le gustaba leer. Pero él no tenía poderes, ni trajes especiales, ni fuerza sobrehumana... Solo era un niño de diez años (eso sí, a punto de cumplir los once), un niño vigilado constantemente por sus padres para que no volviera a escaparse de casa.

Pero a media tarde ocurrió algo inesperado.

Sonó el timbre de la puerta. La madre estaba ocupada y le dijo al padre:

—Abre tú.

Pero el padre también estaba ocupado. Por eso, gritó:

—Juanan, abre tú.

Juanan obedeció de inmediato y recorrió el largo pasillo de su casa hasta llegar a la puerta. La abrió con decisión y se quedó boquiabierto al ver en el descansillo a un hombre y a una mujer. Los reconoció de inmediato.

Se oyó la voz del padre.

—Juanan, ¿quién es?

Y también la de la madre.

—Juanan, ¿quién es?

Juanan invitó al hombre y a la mujer a entrar. Se fijó en que ambos tenían los ojos enrojecidos de llorar, orlados por oscuras ojeras. Lo miraban fijamente y parecía que querían decirle muchas cosas; sin embargo, algo les impedía arrancar.

Los padres de Juanan aparecieron a la vez por el pasillo.

—Son los padres de Mari Pepa –se limitó a decir el niño, señalando a los recién llegados.

Se produjo un silencio tenso, en el que parecía que nadie sabía lo que debía decir. Luego, quizá para romper ese momento embarazoso, el padre de Juanan improvisó unas presentaciones:

—Me llamo Juan y ella es Antonia.

—Yo soy Pepe y ella María.

A Juanan le resultó gracioso comprobar que sus padres no eran los únicos que habían utilizado sus propios nombres para crear el de sus hijos.

Se iban a estrechar las manos, pero finalmente acabaron besándose. Entonces Antonia les señaló el salón de la casa para que entrasen y un tresillo para que se sentasen.

—Sentimos mucho lo de vuestra hija –comenzó a hablar Juan–. Pero antes de seguir adelante quiero que sepáis que lo que ha dicho mi hijo es pura fantasía. Tiene una imaginación desbordante y se pasa las horas pegado al televisor y, claro..., pasa lo que pasa.

—Hemos venido porque estamos desesperados –dijo María–. No sabemos qué hacer ni adónde ir y pensábamos que él...

—Su padre y yo estamos seguros de que será un artista de mayor, pero ahora se pasa la vida en las nubes –intervino Antonia.

—Comprended que queramos agarrarnos a un clavo ardiendo –continuó Pepe–. Solo queríamos hablar un momento con vuestro hijo, preguntarle algunas cosas sobre Mari Pepa.

De repente, Juanan se dio cuenta de que tenía una oportunidad única para demostrar que esta vez no se había inventado nada, y la ocasión se la había proporcionado la visita de los padres de Mari Pepa. Resuelto, se colocó frente a ellos y, sin dejar de mirarlos ni un momento, les contó todo lo sucedido la tarde anterior, desde que en el tablón de anuncios del colegio había leído el papel que había escrito Mari Pepa.

María y Pepe lo escuchaban con mucha atención, sin perder detalle. Solo en algún momento intercambiaron una corta mirada. Cuando Juanan terminó su relato, María se enjugó las lágrimas con el pañuelo antes de hablar:

—Está diciendo la verdad. Algo dentro de mí me dice que no miente.

Juanan sonrió satisfecho. Al menos había logrado convencer a la madre de Mari Pepa.

Juan y Antonia se miraron un rato, interrogándose en silencio sobre lo que debían hacer. A ellos también los había sobrecogido esta vez el relato de su hijo y estaban seguros de que no podía haber mentido, sobre todo porque mientras hablaba no había dejado de mirar a los ojos a los padres de aquella niña. De pronto, Juan no pudo evitar hacer un comentario en voz alta, como una pregunta que no espera ser respondida:

—¿Y si dice la verdad... ?

—Hay que desenmascarar a ese carnicero de Dani Ogro –para Pepe tampoco había ninguna duda.

Juanan resopló cuando comprobó que sus palabras empezaban a calar en los demás y dejaban de reprocharle que solo fuese un niño fantasioso.

—Pero ¿qué podemos hacer? –se preguntaba María.

—Ir esta noche a su programa —dijo como si tal cosa Juanan.

—No tenemos invitaciones y, además, nos reconocerían y nos impedirían entrar —comentó Pepe—. Ya nos han hecho varias entrevistas en la tele.

—Iremos de todas formas —dijo María.

—Organizaremos un escándalo si es preciso para que la policía intervenga —añadió Pepe.

Juanan estaba emocionado viendo la resolución y valentía de los padres de Mari Pepa. Pensó que eran maravillosos. Se acercó a ellos y, decidido, les dijo:

—Yo iré con vosotros.

—Iremos todos juntos —dijo entonces Antonia.

—Así les resultará más difícil callarnos —remachó Juan.

Y Juanan constató algo que ya sabía: que sus padres eran igual de valientes y maravillosos que los de Mari Pepa.

No perdieron ni un segundo. Juan ofreció su coche y los demás esperaron en la acera mientras lo sacaba del garaje. Los estudios de grabación de Dani Ogro eran conocidos, pues con frecuencia se hablaba de ellos en los medios de comunicación. Eso sí, se encontraban en las afueras de la ciudad; por eso, y por la hora punta de la tarde, tardaron un buen rato en llegar.

A Juanan le emocionaba oír hablar a sus padres con los de Mari Pepa, a los que no dejaban de dar ánimos y esperanza. Pensó que cuando acabase todo podrían ser amigos, lo mismo que él pensaba ser amigo de Mari Pepa. Sería muy bonito. La pena es que Víctor no tuviese padres, aunque eso no iba a ser un inconveniente para su amistad.

A medida que se acercaban iba creciendo su inquietud, y notaba que eso mismo les ocurría a los mayores. Pensó que, en el fondo, los niños y los mayores no son muy distintos, salvo por el tamaño, pues se preocupaban y se emocionaban por las mismas cosas.

Aparcaron el coche en las inmediaciones del edificio de los estudios de grabación, que estaba profusamente iluminado, y en el que destacaba un enorme retrato de Dani Ogro colgado sobre una de las fachadas. A Juanan lo inquietaron sus ojos, que parecían mirarte desde todos los ángulos, y sus dientes, tan grandes y perfectos como artificiales.

Se acercaron juntos hacia las puertas de acceso, donde un grupo de personas parecía arremolinarse. Se trataba de la gente que asistiría en directo al programa y a la que varios vigilantes de seguridad estaba ordenando para facilitar la entrada. En voz alta, uno de ellos repetía que era imprescindible que mostrasen la invitación.

Juanan, sus padres y los de Mari Pepa se acercaron hasta allí y se pusieron en la cola, como unos invitados más. Y cuando abrieron las puertas y la gente comenzó a entrar, ellos avanzaron en orden hasta que se encontraron delante de dos fornidos vigilantes de seguridad.

—¿Dónde están vuestras invitaciones? –les preguntó el vigilante.

—No tenemos –respondió Pepe.

—Pues no podéis pasar.

Entonces pusieron en marcha el plan que habían estado pensando durante el trayecto y comenzaron a forcejear con los vigilantes para intentar pasar, al tiempo que gritaban diciendo que eran los padres de Mari Pepa, la niña desaparecida, y que estaban seguros de que Dani Ogro la tenía secuestrada.

Los dos vigilantes de seguridad pidieron refuerzos y, al instante, acudieron varios más, que formaron una auténtica muralla delante de la puerta. Pero ellos ya habían conseguido su objetivo, pues la gente los había reconocido y el alboroto era mayúsculo. Los gritos iban en aumento y todas las personas que aún estaban junto a la puerta, que eran muchas, sin darse cuenta fueron formando dos bandos: unas se ponían a favor de Dani Ogro, rechazaban su presencia y los tachaban de insensatos; y otras se ponían de su lado y pretendían que los dejasen entrar aunque no llevaran invitaciones.

Eso hizo que el escándalo, lejos de disminuir, fuese en aumento. Eran tan fuertes los gritos, que llegaron hasta el interior y pudo oírlos el mismísimo Dani Ogro, que se encontraba en la sala de peluquería acicalándose los cabellos y cortándose los pelos de la nariz.

A medio peinar se dirigió a la puerta de entrada y se interesó por el motivo de aquellos gritos. Uno de los vigilantes de seguridad se lo explicó y él, lejos de preocuparse, sintió un gozo enorme.

—No cabe duda, esta noche batiré todos los récords de audiencia —dijo, y ordenó que un equipo móvil grabase los incidentes para emitirlos en el telediario, minutos antes de su programa.

El vigilante, a pesar de todo, se mostraba inquieto.

—Esto se nos puede ir de las manos —le dijo a Dani Ogro—. Deberíamos llamar a la policía.

—¡Eso es! ¡La policía! —exclamó Dani Ogro, y su risa retumbó en el vestíbulo del edificio—. ¡La policía contribuirá también a aumentar el número de telespectadores! ¡Que venga la policía! ¡Y grabadlo todo! ¡Esta noche vamos a romper el techo de audiencia!

Dani Ogro no cesaba de reír y sus ojos, excesivamente abiertos, desorbitados, descubrían a un hombre completamente cegado por la ambición y el poder.

Tan solo unos minutos después llegaron al lugar varios coches de la policía, con sus sirenas y sus luces. Varios agentes descendieron a toda velocidad y corrieron hacia la puerta para poner orden. El revuelo se acrecentó y la confusión se hizo general. Todo el mundo gritaba, aunque nadie sabía exactamente qué hacer.

Juanan, de repente, se vio separado de sus padres y de los de Mari Pepa y, curiosamente, se encontró al otro lado de la barrera de seguridad que formaban los vigilantes, prácticamente dentro del edificio. Solo dudó una fracción de segundo, porque de inmediato, resuelto, echó a correr y se introdujo en los estudios de grabación. Nadie se había dado cuenta.

Varias cámaras grababan los incidentes de la puerta. Sería la noticia con la que abriría el telediario, por delante de la información nacional e internacional e, incluso, por delante de la crónica del entrenamiento, masaje y merienda del equipo de fútbol que ocupaba el primer puesto de la Liga.

13 El *show*

Mari Pepa había pasado sola toda la tarde, pensando que jamás había vivido una situación tan triste y desesperada como aquella. Y lo peor no eran las horas de la tarde, que transcurrían lentas, parsimoniosas, sino lo que podía venir a continuación: una existencia llena de tristeza, privada de su familia, de sus amigos, de sus vecinos, de su ciudad, de su país, de sus costumbres, de su idioma...

Intentaba encontrar una solución, pero enseguida se daba cuenta de que le resultaba imposible hacer algo, por insignificante que fuese. Estaba a merced de un hombre malvado, sin escrúpulos, al que para colmo seguían millones de telespectadores todas las semanas. Su palabra era dogma de fe para mucha gente. Contra eso nada podía hacer.

Tuvo la sensación de que su vida y, por consiguiente, su esperanza ya no estaban en sus manos. Por eso, solo le quedaba confiar en los demás y, sobre todo, en sus padres, que no se rendirían nunca y que lucharían por ella hasta el fin. En sus penosas circunstancias eso era lo que tenía más claro.

El hombretón entró un par de veces en la habitación, las dos para llevarle algo de comer. Parecía que esa era su única misión. Las dos veces ella le hizo algunas preguntas, pero él ni siquiera respondió. Se limitaba a echar un vistazo a su alrededor, como para cerciorarse de que todo estaba en orden, y a dejar sobre una mesa la comida.

Mari Pepa llegó a pensar que aquel hombre no era en realidad un ser humano, sino una especie de robot fabricado por Dani Ogro, que obedecía las órdenes de su amo sin pensar, sin hablar, sin plantearse si estaba bien o mal lo que hacía. En su corpachón no existía sitio para los sentimientos.

La televisión había permanecido encendida todo el tiempo. De vez en cuando se daban avances de *El show de Dani Ogro*. Estaba claro que era el programa estrella del día, quizá de la semana, quizá de la cadena entera. Siempre aparecía en imagen el rostro del presentador, sonriente, seguro, un poco arrogante, avasallador.

Mari Pepa, de buena gana, habría apagado aquel televisor, pues sufría solo con escuchar una y otra vez el nombre de Dani Ogro. Pero sabía que apagar aquel aparato no significaría librarse de ese hombre tan malvado. Además, deseaba ver a Víctor, como si confiara aún en que podría dar marcha atrás en el último segundo y negarse a salir.

Recordaba que el plató estaba en el mismo edificio donde ella se encontraba prisionera, lo que significaba que todo aquello que se estaba preparando sucedía a pocos metros de distancia. Sin embargo, no le llegaba ningún ruido, ninguna señal, ningún indicio. Seguramente el espacio que se utilizaba para grabar el programa estaba insonorizado. Por eso ella no podía oír nada.

Tras el alboroto de la puerta, Juanan no había tenido dificultad en colarse dentro del edificio. Durante unos minutos estuvo andando tras las personas que ya habían entrado y que se suponía iban a acomodarse en las gradas del plató, para resaltar el directo del programa y para hacer lo que una especie de maestro de ceremonias les mandase: aplaudir, gritar, reír, llorar... Todo lo necesario para dar relieve al programa y conseguir que los espectadores se sintiesen completamente enganchados a él.

Como sospechaban, llegaron al plató y allí un par de señoritas uniformadas los fueron distribuyendo por los asientos del graderío. Fue entonces cuando Juanan comprendió que sería peligroso colocarse en aquel lugar como un espectador más, pues Dani Ogro ya conocía su cara y podría descubrirlo. Por eso, se apartó con disimulo y, tras buscar un lugar para esconderse, decidió hacerlo de la manera más simple: dentro de una caja de cartón que estaba arrinconada junto a otras cajas vacías. Una vez dentro, con cuidado, hizo un agujero en uno de sus laterales para poder observar lo que ocurría a su alrededor.

Dentro de aquella caja, acurrucado, su emoción crecía sin parar, lo mismo que su impaciencia. De vez en cuando miraba el reloj y calculaba el tiempo que faltaba para el comienzo del programa. Contaba los segundos. Desde su escondite pudo ver cómo seguía entrando gente, que se fue colocando en las gradas hasta que se llenaron. Alguien pidió silencio por un megáfono y todo el mundo obedeció. La tensión crecía sin parar. Juanan no apartaba sus ojos del agujero que había hecho en el cartón.

De pronto, pudo distinguir a un grupo de personas que se detuvieron a pocos metros de donde estaba. El del centro, el que acaparaba toda la atención, era el mismísimo Dani Ogro. Su corazón se aceleró aún más. El presentador daba instrucciones sobre el programa: al verlo gesticular, no cabía la menor duda de que era él quien mandaba allí.

Pero, de pronto, Juanan vio a alguien más y a punto estuvo de perder los nervios. Se trataba de Víctor, que permanecía todo el tiempo callado, como ajeno, con ese gesto de indiferencia que sabía poner tan bien. Tuvo que contenerse para no gritar, para no decirle que estaba allí, a su lado. Afortunadamente el sentido común le hizo contenerse.

Cuando se oía en todo el plató la estridente sintonía del programa, el grupo echó a andar y Juanan los perdió de vista. Entonces se dijo que tenía que hacer algo, aunque no sabía qué. Pensó que lo primero era abandonar el escondite y acercarse sin ser visto hasta el plató. Quizá las gradas le sirviesen de protección y de inspiración.

Lo ayudó el hecho de que el programa estuviera a punto de comenzar y todo el mundo en aquel lugar estuviese pendiente de que nada fallase. Por eso, pudo deslizarse con sigilo fuera de la caja y, caminando de puntillas, evitando los lugares más concurridos, llegó a la parte trasera de las gradas; allí se ocultó tras unas cortinas. Podía ver el escenario entre los peldaños, entre las piernas de dos señoras y sus grandes bolsos, que había debajo en el suelo.

Mari Pepa observó cómo a la hora anunciada, justo después del informativo de la noche, en el momento de máxima audiencia y tras una batería de anuncios, la pantalla del televisor pareció llenarse de fuegos de artificio, de colorines desmesurados. La música era machacona. Por una escalinata, flanqueado por dos chicas de gran belleza, hizo su aparición el famosísimo Dani Ogro saludando a la gente que estaba en el plató.

Enseguida Dani Ogro avanzó los principales temas que trataría e hizo hincapié en dos: *La tragedia de* Uve, *un niño sin nadie en el mundo*, y *El drama de Mari Pepa, la niña desaparecida*. Sin duda, el personaje estrella de aquella noche era *Uve*, es decir, Víctor, y a él le tocaba el honor de abrir el programa.

Dani Ogro se sentó en una butaca que parecía un trono de un rey megalómano y despótico y dijo, engolando la voz:

—*Y ahora, señoras y señores, recibamos con un fuerte aplauso a Uve, el niño sin nadie en el mundo.*

Se escuchó una ovación atronadora y Víctor hizo su aparición en el plató. Le habían vestido con un traje impropio de su edad, que le daba un aire un poco ridículo. Lo mismo ocurría con su pelo, demasiado engominado y con una raya bien marcada, de peinado antiguo. Caminaba despacio, inseguro.

Su rostro no podía verse con claridad, pues lo habían difuminado a propósito con un círculo superpuesto, que se movía siempre al compás de su cara. Como aseguró el presentador con énfasis, había tomado esa medida *por respeto a la infancia desvalida y para preservar el derecho a la intimidad del propio* Uve.

Dani Ogro lo recibió estrechándole la mano y lo invitó a sentarse a su lado. Luego, bajó la intensidad de la luz y la música estridente fue sustituida por un melancólico y agudo solo de violín.

Sin perder un segundo, el presentador empezó a contar *la vida de* Uve. ¡*La vida de* Uve! Lo repitió por tres veces, como si pensase que aún podía quedar un telespectador sin haberse enterado. Y así, una tragedia sucedió a otra, y a otra, y otra más. A las que Víctor había tenido que vivir de verdad, que no eran pocas, añadió otras aún peores, llenas de crueldad y de violencia, en las que él siempre era la víctima inocente: palizas, extorsiones, abusos deshonestos, explotación, chantaje, abandonos sucesivos, nuevas palizas... De vez en cuando, detenía su relato, se dirigía a Víctor y le preguntaba:

—*¿Es verdad lo que estoy contando?*

—Sí.

Una cámara comenzó a simultanear planos del público asistente. Muchas personas, vivamente impresionadas por aquel *testimonio* –palabra que el presentador repetía con frecuencia–, habían comenzado a llorar. Todo estaba saliendo como Dani Ogro había planeado.

Mari Pepa también lloraba, aunque por distinto motivo. Sentía pena por Víctor, pero la sentía por su vida futura, no por la pasada.

Hasta el último momento había albergado la esperanza de que Víctor se negaría a participar en el programa y le dejaría a Dani Ogro plantado, sin su exclusiva. Su abuelo, aunque estuviese muerto, se sentiría orgulloso de él. Además, así volverían a encerrarlo en aquella habitación y, al menos, no se encontraría tan sola.

Sin embargo, Víctor se estaba prestando a todo. Había dejado que lo vistieran como un mamarracho y asentía una y otra vez a los requerimientos del presentador. Pero Dani Ogro no iba a conformarse con contar la vida *adornada* de Víctor, sino que también quería que hablase él. Sabía que el *testimonio* directo del niño sería un arma infalible para hacer crecer aún más la audiencia. Nadie puede resistirse al *testimonio* desgarrado de un niño.

Por eso, Dani Ogro comenzó a hacer preguntas a Víctor. Y el muchacho, como si llevase la lección bien aprendida, respondía con una voz monótona y triste, que erizaba el vello de todos los telespectadores. Se imaginó Mari Pepa que miles de personas, millones tal vez, estarían llorando en sus casas frente al televisor, llorando a moco tendido frente a un montaje, a una gran mentira urdida por alguien al que ni siquiera se le podía llamar embaucador, sino, en el mejor de los casos, delincuente.

Entonces apagó el televisor, pues lo que veía no hacía más que causarle daño, muchísimo daño. Ni siquiera le apetecía saber lo que aquel hombre malvado iba a decir de ella cuando hubiese terminado con Víctor. No quería oír su nombre en aquel programa, no quería ver llorar al público cuando Dani Ogro se inventase otra patraña sobre ella.

Aferrado a una de las tablas del graderío, a la que clavaba sus dientes con rabia, Juanan sentía tanta indignación como Mari Pepa. Se preguntaba cómo era posible que aquel presentador dijese tantas mentiras juntas sin que Víctor reaccionase. Comprendió que estuviese asustado y que quizá se sintiese muy solo. Entonces pensó que lo mejor que podía hacer en ese momento era demostrarle que no estaba solo, que él estaba de su parte, y Mari Pepa también, aunque la tuvieran secuestrada en algún lugar.

No recordaba Juanan haber hecho en su vida una cosa con tanta determinación. Trepó por la estructura metálica del graderío y se encaramó a lo más alto. Superó una especie de barandilla y se vio dominando todo el plató. Algunas personas lo miraban, preguntándose de dónde había salido. Pero antes de que nadie pudiera reaccionar, dirigiéndose a Víctor, gritó con todas sus fuerzas:

—¡Soy del club de los Pirados! ¡Soy del club de los Pirados!

Todo el mundo pudo oír sus gritos, incluso los millones de telespectadores del programa, pues los micrófonos de ambiente los recogieron con claridad.

Víctor se levantó de su silla y buscó a Juanan con la mirada. Lo encontró sin dificultad. Este no paraba de gritar.

—¡Soy del club de los Pirados!

Todo sucedió muy deprisa. Dos vigilantes de seguridad agarraron a Juanan y lo sacaron en volandas del plató. Dani Ogro se repuso al instante del incidente, que solventó con la consabida frase: *El directo tiene estas cosas*. Y de inmediato trató de reanudar el programa.

El rostro de Víctor, sin embargo, había cambiado. Su expresión ya no era ajena, indiferente. Había comenzado a sonreír con una facilidad que a él mismo lo sorprendió. Por dentro sentía una emoción que había creído perdida para siempre. Pensaba en Juanan. Pensaba en Mari Pepa. El club de los Pirados. Amplió aún más su sonrisa.

Dani Ogro lo miraba un poco sorprendido por aquella reacción. Le hizo una nueva pregunta:

—*Entonces, querido Uve, ¿te sientes muy solo en el mundo?*

—*Desde hace un momento, no.*

La respuesta de Víctor desconcertó al famoso presentador porque no estaba en el guión. El muchacho no parecía dispuesto a callarse y, sin dar tregua a Dani Ogro, continuó hablando:

—*Desde hace un momento pertenezco al mismo club que Juanan, ese niño que ha gritado y al que se han llevado sus matones, y Mari Pepa, la niña que usted tiene secuestrada en el sótano de este edificio.*

Se escuchó un revuelo enorme entre el público. Las cámaras no sabían dónde enfocar, y tan pronto aparecía un plano de Víctor sonriendo como otro del público, o de Dani Ogro con el rostro descompuesto.

—*¡Corten!*

Justo después del grito de Dani Ogro, se cortó la emisión. Pero ya las palabras de Víctor habían sido oídas por millones de personas en todo el país, que por algo *El* show *de Dani Ogro* era líder de audiencia. Y como el efecto dominó, las reacciones se producían en cadena.

En unos minutos llegaron a los estudios de grabación más coches de la policía, no para poner orden, sino para buscar y detener al presentador más famoso de la televisión.

Ajena a todo el revuelo, Mari Pepa se había dejado caer sobre la superficie blanda y mullida del sofá y lloraba imaginando lo que podía ser de ella. Nada le dolía tanto como que la separasen de sus padres, de sus amigos, de su país. También le dolía pensar que no volvería a ver a Víctor. Ese chico le gustaba, a pesar de que solo había estado con él dos días escasos. Comprendía su miedo y su actitud, y se lamentaba de no poder ayudarlo. El club de los Pirados se quedaría solo en un bonito sueño irrealizable.

Al cabo de media hora algo le sobresaltó. Comenzaron a oírse ruidos al otro lado de la puerta. El sonido llegaba difuso, pues la puerta era muy gruesa y maciza. Parecían voces, pero no podía distinguir lo que decían. Se acercó a la puerta, pegó la oreja y escuchó atentamente. Pudo distinguir algunas palabras:

¿Dónde está la llave?

Si no aparece, tendremos que derribarla.

Unos golpes la asustaron y retrocedió de nuevo hasta el sofá. No entendía nada, pero pensó que tal vez eran unos compinches de Dani Ogro que venían para llevarla muy lejos.

Su preocupación aumentaba sin cesar, lo que hacía que creciese su angustia. Se volvía pesimista y pensaba que ya nada ni nadie podrían salvarla. Eso le hacía comprender un poco a Víctor, pues se daba cuenta de que él había pasado antes por una situación parecida a la suya.

Pensó en sus padres. ¿Dónde estarían? Seguro que no habían dejado de buscarla ni un solo segundo, seguro que habrían derramado ríos de lágrimas por ella.

A veces tenía la sensación de que el tiempo se había detenido y miraba su reloj para comprobar que no era así. Después de todo lo sucedido, ya nada le extrañaba.

Entonces recordó cómo había comenzado todo, cuando decidió colocar aquel cartel en el tablón de anuncios del colegio. Pensaba que, después de lo vivido, nunca más volvería a necesitar recurrir a una cosa así. Tenía la certeza de saber perfectamente quién era y a qué lugar del mundo pertenecía.

Mari Pepa García Pérez, con la piel amarilla y los ojos pequeños y rasgados, con el pelo negro y tieso, con la sonrisa de ratón. Hija de Mari y Pepe, a los que adoraba. Con eso estaba dicho todo.

De repente, un golpe atronador la asustó e interrumpió sus cavilaciones. La puerta se abrió de par en par y en el umbral apareció un policía de esos que salen en las películas, alto, fornido, con botas altas, un amplio cinturón de cuero negro ajustado y un casco cubriendo su cabeza. En las manos enguantadas sostenía la maza con la que acababa de destrozar la cerradura.

—¿Te encuentras bien? –preguntó.

Mari Pepa, aún no recuperada de la impresión, se limitó a afirmar con la cabeza.

—Ya se ha acabado todo, tranquila –le sonrió el policía, levantándose la pantalla del casco que protegía su cara.

Entraron otros dos policías de uniforme y algunas personas de paisano. Todos le preguntaban a Mari Pepa que si se encontraba bien. Ella no se cansaba de repetir que sí. En la puerta comenzó a arremolinarse un nutrido grupo de gente, la mayoría con una cámara encendida. Querían grabar el momento y trataban de romper la barrera que varios policías habían formado.

De pronto, casi a gatas, entre aquel gentío se abrieron paso dos muchachos, que entraron resueltos en la habitación. Al verlos, a Mari Pepa le dio un vuelco el corazón y se fue derecha hacia ellos. Pocas veces en su vida había sentido una emoción comparable. Tenía ganas de abrazarlos, de llenarlos de besos; pero no se atrevió a hacer ni una cosa ni otra.

—Tus padres y los míos están en la puerta –Juanan quiso darle algunas explicaciones.

Mari Pepa lloraba y lloraba, al tiempo que, con un poco de rabia, repetía para sí:

"¡Mierda de china llorona!"

Entonces trató de imaginar lo que había pasado y, sin que nadie le dijese nada, comprendió que había sido Víctor el que finalmente había desenmascarado a Dani Ogro. Se quedó mirándolo a los ojos.

—Gracias –le dijo.

—De nada –Víctor se encogió de hombros, en un gesto muy suyo.

—Tu abuelo se habría sentido orgulloso.

—No pensaba en mi abuelo cuando lo dije.

—¿En qué pensabas?

—En que me apetecía mucho formar parte del club...

—... de los Corazones Solitarios –trató de completar la frase Mari Pepa.

—¡De los Pirados! —la corrigió de inmediato Víctor.

—¿No te das por vencido?

—No.

—Pues tendremos que hacer una votación.

—La haremos.

Y los tres se echaron a reír.

Entre el bullicio incesante, a lo lejos, casi tapada por el griterío de la gente que se arremolinaba junto a la puerta, Mari Pepa escuchó la voz inconfundible de sus padres. Eran ellos. Estaba segura. Y, además, la estaban llamando a voces. La estarían buscando desesperadamente en medio de aquel tumulto.

Con decisión, agarró de la mano a Víctor y a Juanan y tiró de ellos con fuerza. A empujones, se abrieron paso entre la gente y salieron de la habitación a trompicones.

—Seguro que mis padres te caen bien —le dijo a Víctor—. Son... ¡geniales! Y seguro que tú les caes bien a ellos, eres... ¡estupendo!

Echaron a correr por el pasillo, entre cientos de flases que se disparaban frenéticos y cegadores, perseguidos de cerca por una multitud vociferante, armada con cámaras de todo tipo, con micrófonos, con pequeñas grabadoras, con teléfonos móviles de última generación y con otros extraños artefactos.

De pronto, vieron a Dani Ogro, esposado y escoltado por varios policías. A pesar de su situación tan comprometida, parecía el hombre más feliz del mundo. Su dentadura tan blanca refulgía con los destellos de las cámaras, que se disparaban sin cesar, y sus carcajadas histéricas resonaban por los pasillos.

—¡He pulverizado todos los récords de audiencia! ¡Yo, Dani Ogro, soy el mejor! ¡Nadie me iguala!

Aunque ya se habían librado de él, a los tres niños aquel presentador enloquecido les dio más miedo que nunca, por eso aceleraron la carrera.

Los padres de Mari Pepa y de Juanan seguían juntos, buscando y llamando a sus hijos. Juanan se soltó de la mano de Mari Pepa y se fundió en un abrazo con los suyos.

Mari Pepa hizo lo propio, pero con la particularidad de que no soltó a Víctor. Sintió de nuevo todo el calor y todo el cariño de sus padres. Los besos, bañados por las lágrimas, eran salados; pero a ella le supieron muy dulces, los más dulces del mundo. Era la mejor señal de que todo volvía a ser como antes. Ya no cabía ninguna duda: Mari Pepa estaba de nuevo en el lugar del mundo que le correspondía.

Cuando los brazos comenzaron a perder tensión y el abrazo se fue aflojando, se dio cuenta de que Víctor formaba parte de él. No le había soltado en ningún momento.

—Él es Víctor —se limitó a decir—. A Juanan creo que ya lo conocéis.

Todos juntos, formando una piña, dieron la espalda al *show,* que en esta ocasión no era el del famoso Dani Ogro, y se marcharon a casa.